마음을 쓰는 일,
몸을 쓰는 시

# 마음을 쓰는 일,
# 몸을 쓰는 시

시인 조수형의
가전제품 청소 노동 이야기

조수형 지음

# 나는 가전제품 청소부입니다

한 여름 태양의 각도와 시간

그래서 뜨겁다는 얘기는 누구나 잘 알지

젊음의 뜨거움은 호르몬 때문이라는 것도 잘 알지

계절따라 변하는 풍경은 나에게도 그녀에게도 같지

이제는 가을의 끝머리에 있고 겨울의 초입에 있건만

아직 식지 않은 열기가

쉰을 넘어 겨울로 진군하고 다시 봄을 기다리니

얽혀진 이들을 남사스럽다 해야 하나


삶이 고행이라는 싯달타의 마음

서로 사랑하라는 예수

역지사지, 조탁…

모두 모르는 말임에도

서로 안타까워하는 마음

흙 알갱이를 헤치고 피어나는

들꽃의 여정이 보이듯 아는 마음

간장에 참기름 한 방울 떨어뜨리고

걸인의 찬을 비웃는 이들

어찌 가난하리오

어찌 불행하리오

태평양 휴양지를 안고 사는 이들이여

빛이 한낮에만 있으리오


— 조수형 미발표시 「행복한 두 사람」 전문


어느 날 지인에게서 문자를 받았다.

"지금 SNS에 생업 이야기를 쓰고 계신데, 그걸 책으로 내보
시는 게 어떨까요?"

내심 고마웠지만 내 글쓰기의 현실과 내 욕망을 굽어보며 나는 일단 정중히 거절하는 답문자를 보냈다.

"글쎄요. 아직 미완의 글이라서 어쩔지 모르겠어요. 제 글이 그럴 깜냥이나 되는지…."

사소한 글이 한 권의 책으로 묶여 나온다는 것은 쉬운 일이 아니라는 걸 안다. 엄청난 노력과 열정이 뒤따라야 하고 그걸 응원해주는 이들이 있어야만 가능한 일이다. 그런데, 그 문자가 인연이 되었는지 어느 정도 시간이 흐른 지금 결국 책이 나오게 되었다.

내가 살아온 이야기가 한 권의 책으로 묶여 세상에 나온다니 왠지 쑥스럽고 계면쩍은 느낌부터 든다. 그러나 어쩌랴. 나는 시인이지만 위태로운 산비탈에 홀로 서 있는 독야청청한 소나무는 결코 아니고, 저자거리를 떠돌며 땀내 흥건한 노동을 팔아 삶을 살아가는 사람이다. 그런 와중에 타인들로부터 분에 넘치는 관심과 이해, 격려와 도움을 받기도 했다. 물심양면으로 도움을 주신 분들이 없었으면 어디에서 한 끼 따뜻한 밥을 구하겠는가. 한 끼의 밥을 구하는 것 그것은 참 지엄한 일이다. 결국 내가 용기를 내어 책을 써보겠다고 마음을 먹고 본격적으로 준비를 한 건 나를 응원해주신 분들에게 감사의 마음을 전할 수 있지 않을까 하는 생각에서였다.

　이 책에는 2003년 뇌동맥류로 인한 뇌지주막하 출혈로 수술을 받은 이후, 서울 노원구에 적을 두고 살면서 '가전제품청소부'라는 생소한 직업을 갖게 된 전후에 만난 인연들과 그 사이에서 일어난 여러 이야기가 실려 있다.

　나를 만나는 사람들 중에는 내 인상을 보고는 착하게 생겼다거나 선한 사람일 거라고 단정 짓는 분들이 많다. 그때마다 나는 살짝 당혹스럽다. 그런 분위기와는 거리가 먼 사람이 나니까. 도대체 착한 사람과 나쁜 사람의 기준이 뭘까. 독자분들 중에는 이 책을 읽으면서 '와, 이 친구 대단히 착한데? 혹시 천사 아니야?' 이런 생각을 가지시는 분들도 있을 수 있겠다. 말 그대로 그것은 그분들의 자유로운 생각이기에 개의치는 않겠지만, 분명한 것은 나는 세상 사람을 착한 사람과 나쁜 사람으로 나누지는 않는다는 것이다.

　내가 정말 온순하고 착한 사람이라면 퇴원 후 집에 틀어박혀 주치의 말대로 1년 이상 요양을 했어야 마땅하다. 하지만 그렇게 하지 않았다. 퇴원하는 날부터 주치의의 말을 어기고 저자거리로 나가 사람들과 수시로 술을 마셨다. 그러다 보니 전혀 생각지도 않았던 새로운 세계, 새로운 관계와 인연의 우주가 펼쳐졌다.

이 책은 그것에 관한 기록이기도 하다.

어쨌든 독자분들이 보시기에 '착한 사람의 세상 분투기'일지도 모르는 이 책을, '내 옆에 이런 사람도 살고 있구나' 하는 마음으로 가볍게 읽어주셨으면 좋겠다.

나는 시인으로서 가끔 내가 겪은 일과 나와 관계를 맺은 이들이 내게 말을 걸어올 때마다 그것을 시로 썼다. 이 책에는 문맥에 따라 필요할 경우에 내가 문예지에 발표했던 시와 아직 미발표 상태로 있는 시들을 산문 속에 함께 실었다.

처음과 끝을 함께해준 김도언 시인, 심종록 형님께 고마운 마음 전한다. 산문집 출간을 선뜻 맡아준 눌민 정성원 대표님께도.

차례

# 개보다 못한 사람

가전제품 분해 청소의 속성은 일단 고객과 긴 시간을 함께하게 되다는 점에 있다. 그러다 보니 본의 아니게 고객의 인간적이면서도 내밀한 측면을 충분하다 싶을 정도로 관찰할 수 있게 되는데, 세상에는 정말 별별 사람들이 다 있다. 대개 내 기억 속에 남아 있는 일은 '진상'이라 불리는 분들과의 에피소드다. 아무래도 그게 내 마음속에 크든 작든 생채기로 남아 있기 때문이 아닐까 싶다.

돌이켜보니 그렇다는 것이다. 군대에 다녀오신 분들이 하는 말 중에 근무했던 부대 쪽으로는 소변도 안 본다고 하고선 술만 드시면 그때 얘기를 하시는 분이 있는데, 내 심리도 그것과 얼추

비슷하다. 인상적인 추억으로 남기도 하고 재밌는 경험으로 기억되기도 하지만 당시에는 분명 고역으로 다가왔기에 더 명료하게 내 의식 속에 자리 잡고 있는 것일 테다. 진상이라 불릴 만한 못된 고객들이 일하다 보면 가끔 생각난다. 잘들 살고 계시는지….

몇 년 전의 일이다. 그때도 삼복더위가 맹위를 떨쳐 숨 쉬는 것조차 버거운 날씨였다. 보통 냉장고 청소는 2인 1조 작업 기준으로 2~4시간이 걸린다.(물론 혼자 작업하는 이도 많다.) 냉장고 안의 내용물 수납 및 정리를 고객이 하느냐 작업자가 하느냐, 냉장고 뒤의 기계실 청소를 하느냐 마느냐에 따라 서비스 단가도, 작업 시간도 달라진다. 가끔은 냉장고 안에 케케묵은 음식물을 치워달라는 경우도 있어서 냉장고 청소는 가격대와 작업에 소요되는 시간이 가전제품 중 가장 다양하게 형성되어 있는 서비스 품목이라고 보면 된다.

어느 날, 이 일을 배워보겠다고 찾아온 친구 또래의 남자가 있었다. 약간의 지적장애가 있는 사람이었지만 성정이 순해 보였고 일을 열심히 해보겠다는 의욕이 강했다. 조금 어눌하고 비대한 몸 때문에 동작이 다소 느리긴 했지만 나는 그런 그의 태도와 의지를 긍정적으로 보고 부족한 건 시간이 해결해주리라 믿고 그에게 가전제품 청소의 노하우를 전수하기로 했다. 그러던 어느 날 이 친구와 함께 출장을 가게 됐다. 여름 더위 중 더워도 제일 덥다는 중복 때였다.

우리가 그날 청소해야 할 대상물은 냉장고와 세탁기였다. 냉장고 안 음식의 수납도 우리가 해야 했기에 어느덧 작업 시간은 여섯 시간이 지나고 있었다. 그동안 방에서 쉬던 고객은 자신의 강아지 '쮸쮸'가 덥겠다고 시원한 물을 주기 위해 두 번 주방에 나왔다. 개가 물을 먹는 모습을 유심히 보던 이 친구, 얼굴색이 안 좋아지는 것이다.

마침내 작업을 모두 마치고 고객에게 작업한 내용을 모두 확인시키고 인사를 하고 나오는데 엘리베이터 안에서 이 친구가 내게 얘길 한다.

"수형 씨, 수형 씨."

"네?"

"지금 우리가 그 집 개만도 못한 거죠?"

"네? 그게 무슨 소리예요?"

"아니, 강아지에겐 물을 주면서도 우리에겐 물도 건네지 않았잖아요. 우리가 지금 몇 시간 일했는지 아세요? 너무한 거 아녜요? 개에겐 물을 주면서."

나는 그가 무엇을 불평하고 있는지 금방 눈치를 채고서는 달래듯 이렇게 말했다.

"후후. 개 보다 못한 게 아니라 그 개와 우리가 달라서 그래요. 그 집 아주머니가 그랬잖아요. 에구 우리 쭈쭈, 우리 쭈쭈… 우리 새끼, 우리 새끼 그랬죠? 개와 혈연관계인지 모녀지간인지 모자지간인지는 모르겠지만 그런 관계고, 우린 사람이지만 남이잖아요. 물은 나가다 편의점에서 사먹자구요. 출출하죠? 빵도 사줄게요. 오늘 고생했어요."

그런데 그 친구는 결국 이 일에 적응을 하지 못하고 다른 곳으로 떠나는 쪽을 택했다.

당시에는 내가 하는 일의 가치와 효용이 덜 알려져서 가전제품 청소를 공짜로 해준다고 해도 안 하시던 분들이 많았지만, 우연한 계기로 이 일이 방송을 타면서 소자본으로 창업 가능한 일로 주목을 받게 되었고, 그래서 쉽게 생각하고 덤벼드는 분들이 많았다. 그러나 그런 분들 대부분이 중도에 포기했다. 냉장고와 세탁기, 에어컨은 말하자면 기계의 조합이다. 그렇기 때문에 작업자는 기계를 단순히 해체하고 닦고 조이는 것이 아니라 여러 공구와 작업용 도구를 기계의 원리에 맞게 다룰 수 있어야 하고 작업 중인 제품의 일반적인 원리도 알아야 했다. 전자제품 특성

상 에러코드도 일정 부분 알아둬야 했다. 그리고 신제품이 나올 때마다 변경되는 성능도 이해해야만 했다. 그렇게 전문적인 식견과 학습이 필요한 일임에도 이 일은 고된 육체노동이어서 사람들에게 존중받지 못하는 부분이 있었다.

내가 살고 있는 이 땅은 아직 육체노동을 천시하는 이가 많고 기술과 기술자에 대한 인식도 매우 열악한 것이 현실이다. 이들이 합리적으로 제시하고 있는 기술노동 서비스의 가격도 쉽게 수긍하지 못한다. 사실 노동 서비스에 속하는 직업군이란 게 의뢰인과 작업자 사이에 '갑을 관계'가 형성되기 때문에 어디까지 어떻게 서비스해야 되는지 정확하게 선을 긋지 못하고 애매할 때가 있다. 의뢰인의 요구 사항과 만족도가 천차만별이기 때문이다. 의뢰인 중에는 일반 전동드릴로 작업자에게 시멘트벽을 뚫어 달라는 분도 꽤 있었다.(일반 전동드릴로는 시멘트벽을 뚫지 못하고 열만 발생한다. 직접 시연해야 이해하신다.)

타인의 집이 작업 공간이라는 것, 내가 그 집 안으로 들어가서 일한다는 것은 매우 조심스럽고 섬세한 일이다. 육체노동인 동시에 감정노동까지도 수반해야 하기 때문이다. 의뢰인 중에는 좋게 말해 호기심이 많은 분도 계셔서 작업을 공정 단계별로 이해를 시켜드려야 하는 경우도 있다. 이러한 직업적 스트레스를 겪다 보면 밖에서 막연히 생각하던 것과는 전혀 다르게 느끼게 되고 그러다 보면 심리적 부담을 가지게 되면서 결국 일을 그만두게 되는 것이다. 세상에 쉽고 간단한 일이 어디 있겠는가? 돈 버는 일에 쉬운 일이란 없다.

다시 말하지만 고객과 몇 시간 같은 공간에 있다는 게 결코 쉬운 일이 아니다. 몇 분에서 몇십 분 정도가 소요될 뿐인 백화점의 쇼핑 고객과 판매자 사이에도 마찰이 생겼다는 뉴스도 종종 들려오지 않는가.

삼복더위에 에어컨을 켜고 거실에 계시다 작업자들이 작업을 시작하면 에어컨을 끄고 방으로 들어가시는 분들도 적지 않으니 말해서 무엇하랴. 내 것을 너무 귀히 여기다 보면 아무것도 안 보이는 것이다.

노동 서비스 작업자들은 의뢰인의 필요와 요구에 의해 출장을 간 사람들이지 그 집의 노복이 아니다. 당연히 일을 의뢰한 것이 어떤 사회적 계급을 상정하는 것이 아닐 텐데, 자신의 위치를 어느 정도 스스로 확인시켜야 만족하는 분들이 있다.

너무 당연하고 소박한 말인지는 모르지만 나를 귀히 여기는 것과 남을 귀히 여기는 것이 다르지 않다. '나'에 집착하다 보면 사람 간의 관계도 정치도 볼 수가 없다. 보이지가 않을 테니….

## 웅덩이도 하늘을 품는다

비가 한바탕 쏟아진 뒤의 공기는
같은 곳에 있어도
시원한 향이 남다릅니다
이런 날 걷지 않을 수 없습니다
흥건히 젖어 있는 길 위에 미처
스미지 못한 빗물이 모여 있군요
쪼그려 앉아 가만히 들여봅니다
흙탕물이 점차로 느리게
제가 아는 시간보다 더 느리게
자신이 품지 못한 빗물을 내어 보입니다
아 웅덩이엔 마침내 하늘이 담깁니다
떨어지던 아픔을 아랑곳하지 않고
자신을 버린 하늘을 품고 있습니다
저를 적신 비는 그저
제 모습을 후줄근하게 만들었지만 말입니다
저는 언제쯤 하늘을 품게 될까요
일어서지 못합니다

제가 웅덩이에 담겼기 때문입니다

　—조수형 시집 『웅덩이에 담긴 사랑』 중 「웅덩이도 하늘을 품

　는다」 전문

# 감사한 날

냉장고는 기술의 진화에 따라서 변신에 변신을 거듭하고 있는데 2000년대 들어서는 그 변신의 속도는 가히 놀라울 정도다. 1990년대에는 월풀, 제너럴일렉트릭 등이 수입되면서 버튼만 누르면 얼음이 나오는 냉장고가 한동안 유행한 적이 있었다. 얼음이 나오는 냉장고는 부유함의 상징이기도 했다. 그런데 지금은 사정이 달라져 얼음 나오는 냉장고를 쓰는 집이 드물다. 위생의 문제가 공유되었기 때문이다. 지금은 원도어 냉장고나 양문형 냉장고, 4문형 냉장고가 일반화되어 있다. 고전적인 아래위 투도어 냉장고는 사무실이나 공용 공간의 탕비실에서나 볼 수 있을까? 일반 가정집에서 사용하는 경우는 점점 드물어지고 있다.

모든 냉장과 냉동(쉽게 말해 온도를 낮추는 기기) 기능들은 기본적으로 그 원리가 같다. 그러나 원리가 같다고 형식과 기술을 적용한 디자인이 같지는 않다. 지금부터 하려는 이야기는 냉장고의 진화에서 발단이 된 에피소드다.

최근 몇 년 동안 수도권에 신도시가 개발되면서 많은 분들이 터전을 옮겼다. 어느 날 그 신도시 중 한 군데에서 작업 의뢰가 들어왔다. (나는 현재, 내 이동성과 효율성을 고려해 서울과 경기, 수도권을 서비스 공간으로 상정해두고 있다.)

그날 고객님이 의뢰한 냉장고는 양문형 냉장고였고 보통 양문형 냉장고는 네 귀퉁이 아래에 바퀴가 달려 있어, 냉장고 속의 내용물을 꺼내고 나면 수레가 움직이듯 힘을 쓰는 대로 쉽게 잘 끌려 나오는 형태가 일반적이다. 그래서 그날도 나는 별 생각 없이 냉장고를 앞으로 당기면서 끌어냈다. 그런데 왠지 부드럽지 못한 느낌이 드는 것이다.

냉장고를 앞 쪽으로 끌어내던 작업을 멈추고 아래 부분에 뭐가 끼었는지 살피던 중, 맙소사 마루바닥에서 깊게 긁힌 자국을 발견했다.

'어머나, 이게 뭐야.'

당연히 다음 작업으로 넘어갈 수 없었다. 마루바닥에 깊은 스

크래치를 냈으니 고객 입장에서는 당연히 손실이라고 생각할 수 있을 테니 일단 이 난국을 수습하는 게 먼저였다. 별다른 방법이 없었다. 사실 그대로 보여주고 설명하는 수밖에. 고객님을 불러 상태를 확인시켰다. 그러자 고객도 당황하는 반응을 보였다.

"어머나, 어떻게 해요?"

"죄송합니다. PCB가 아래에 부착돼 있어, 저도 미처 생각하지 못했습니다."

그 냉장고에는 컨트롤 PCB 패널이 냉장고 아래 쪽에 위치해 바닥면과의 사이에 이격된 공간이 없었던 것이다. 컨트롤 장치가 냉장고 뒤쪽 바닥에 위치한 모델이어서 알아채지 못한 것이었다. 그날 속으로 이런 모델을 만든 냉장고 회사와 개발자를 속으로 얼마나 원망했던지.

"아유, 어떻게 하죠?"

"저도 난감합니다."

"겨우 얼마 되지 않는 돈을 벌러 오신 분에게 바닥을 새로 해 달라고 할 수도 없고…."

고객님도 자가가 아닌 세를 얻은 집이라 더 난감하셨을 터인데, 고맙게도 마루 바닥재를 교체해 달라고 하시지 않고 청소 작업비를 조정하는 것으로 그날 일은 마무리되었다. 고객님이 혜량해주신 덕이었다. 하지만 그날 일은 생각할 때마다 아찔한 느낌을 가져다 준다.

간단히 생각하면 소소한 흠집이 난 마루바닥재 몇 장만 바꾸면 될 것 같지만 같은 회사 같은 모델이라도 LOT 넘버(제작 년월일)가 다르면 이색(살짝 다른 빛깔)이 날 수밖에 없다. 그 경우 고객님이 강하게 요구를 하면 마루바닥 전체를 교체해야 하는 일이 생기는 것이다. 거기에 신도시에서 새로 분양받은 아파트 아닌가.

그날 일이 참교훈이 되어 나는 그날 이후 그 어떤 작업에 있어서도 내가 최고라거나 눈 감고도 할 수 있는 일이라는 식의 자신감을 갖지 않는다. 내가 아는 것이 그 일의 전부이거나 모두 옳다고 할 수도 없고 내 방법이 최고라고 할 수도 없다. 사고나 실수는 그런 자만심을 갖는 순간 반드시 찾아온다. 내가 백번 일을 잘해 아무리 칭찬과 격려를 받고 인정을 받아도 일 앞에서는 겸손할 수밖에 없는 것이 바로 현장에서 진행되는 노동 서비스의 일이다. 별 것 아닌 것처럼 보이는 일. 이런 일도 그럴진대 삶이라는 무한 우주의 실상은 어떠할까. 너무 자신만만해 하면서 자신을 회의하지 않는 이들을 보노라면 속에서 다소간 쓴웃음이 피어

난다. 아직 경험이 닿지 못한 결과이려니 생각하면서도 말이다. 하지만 결국 그런 일을 겪고서야 알게 된다. 그 상황을 만나게 되면 깨닫는다. '간단'이 없다는 사실을 말이다.

십원어치라도 기술이 들어가는 일에 있어 자신감을 갖는 것은 중요한 일이지만 자만은 금물이다. 자신감은 자신을 경계하고 컨트롤하는 능력에서 나오는 것이다. 자신감을 가진 이만이 또한 겸손할 수 있다. 일 앞에서 겸손함을 가지면 한 번이라도 더 과정을 살피게 되고 그것은 만족스러운 결과로 이어진다. 그리고 그 결과치는 자신감의 원천이 되는 것이다. 이 선순환을 왜 거부하겠는가.

작업자들이 흔히 실수를 하고는 일이 꼬여버렸다는 표현을 쓰게 되는 상황은 사실 알고 보면 대부분 늘상 해오던 패턴을 버리지 못했기 때문에 일어나는 경우다. 일을 처음 하는 상황에서 그런 일이 벌어지는 사례는 극히 드물다. 처음에 하게 되는 모든 일들은 시키지 않아도 조심에 조심을 거듭하니 돌발적인 실수 같은 일들이 일어나기 어렵다.

어느 정도 경험이 쌓인 나 역시 여전히 실수할 때가 있고 잘못된 판단을 할 때도 있다. 그런 경우를 완벽하게 피하기는 어렵다. 그때마다 나는 단지 정직을 택할 뿐이다. 책임을 지기 위한 행동은 고객의 성난 가슴을 가라앉히는 가장 빠르고 올바른 특효약이다. 안타깝게도 곤란한 상황이 오면 온갖 핑계를 들며 그 상황을 모면하려는 작업자들이 있다. 이것은 오히려 일의 해결을 망치는 지름길이다. 고객과 인간적인 신뢰를 바탕으로 하는 유대관계가 성립되지 않으면 작업을 해온 경험이나 세월과 관계없이 진화하지 못하고 고답적인 상태에 머물 뿐이다. 유능한 노동서비스 작업자는 유기물처럼 유연하게 현장과 환경에 적응하면서 자신을 변화시킬 줄 알아야 한다. 그런데 그것을 거부하는 일은 얼마나 자신을 존중하지 못하는 태도인가. 실수를 인정하면서 솔직함을 드러내면 내 위치가 불리해질 것이라 생각되지만 그건 사실 순간을 면피할 뿐이다. 정직함과 솔직함만이 사람의 마음을 여는 열쇠다.

내가 어떤 상황을 겸허하게 받아들일 줄 알면 곤란하고 아픈 일도 겪을 만하다. 상황을 받아들이지 못할 때 그 데미지가 훨씬 큰 것이다. 아마 많은 기술자와 노동에 종사하시는 분들은 이게 무엇을 말하고 있는 건지 알 것이다. 또 그렇게 함으로써 자신에게도 발전의 기회가 온다. 그렇게 어렵고 곤란한 상황을 겪으며 나아가고 진화하는 것, 그게 노동과 기술의 고유한 성질 아닌가.

모든 숙련자들의 노동비엔 이 시간의 투자에 대한 보상비가 첨가된다. 그래서 속도가 빨라져 시간으로 보상받고 노동비도 상승하게 되는 것이다. 그럼에도 내가 느끼는 이곳 대한민국은 다른 나라에 비해 인건비가 너무 저평가 되어 있다. 우리 사회가 노동에 대해 어떤 시각을 가지고 있는지 현장에서는 쉽게 알 수 있다. 하지만 많은 기술자들이 누구의 시선이 아닌 자신만의 긍지와 자부심으로 프로답게 일을 하기 위한 노력를 멈추지 않는다. 노동의 세계엔 아름다운 사람들이 많은 것이다.

내가 하는 일의 완성도가 내 얼굴이고 인격이다. 특히 모든 청소업은 더욱 그렇다. 자신이 보기에도 흠결이 있는 것을 괜찮다고 용납하는 것은 어떤 발전에도 도움이 되질 못한다. 의뢰인은 일을 하는 모습만을 보고도 그 사람의 실력을 예리하게 캐치해 낸다. 눈가리고 아웅하는 건 이 업계에선 용납이 안 되는 것이다.

사실은 일의 완성도가 높을수록 가장 기쁘고 즐거운 건 다른 누구도 아닌 나 자신이다. 기술 노동자의 특권이라고나 할까.

## 마음속 수평에 대해

오늘은 다산동 일을 마치고 마석으로 이동해 작업을 했다. 몸의 컨디션이 정상적이지 않았는데, 오히려 일을 하면서 컨디션을 끌어올렸다. 예약된 일이라서 회피할 수 없었다. 고객과 대면해서 진행되는 서비스업 종사자에게는 늘 책임감이 발동되어야 한다. 노동이 몸을 정상으로 돌려놓는 묘약임을 확인하고 새삼 놀랐다. 애꿎은 아내만 내 기색을 살피며 아무 말도 못하고 같이 일을 할 뿐이었다. 오늘 일은 친분이 있는 분의 의뢰로 하게 된 것이어서 수고비를 받을 생각이 없었는데, 끝끝내 주머니에 넣어주신다. 그동안 나를 격려해주신 분이어서 감사 표시로 해드리려 했던 일이었다.

어떤 일은 공짜로 일해도 즐거운데, 또 어떤 일은 돈을 더 받아도 싫고 내가 오히려 주고 나오고 싶을 때가 있다. 일을 마치고 연장과 도구를 챙기면서 예전에 같은 동네에서 겪었던 일이 떠올랐다.

그날도 일을 다 마치고 공구들을 챙기고 있을 때였다. 냉장고 앞에서 계속 무언가를 살피던 고객께서 나를 바라보시는 것이다. '뭘까?' 불안한 마음이 들었다.

"고객님, 뭐가 잘못됐나요?"

"음, 이게 말이죠, 암만 봐도 이상해서요."

목소리에 비음이 섞인 그 고객은 계속 손가락으로 냉장고를 가리키면서 주위를 서성였다.

"고객님, 어디가 이상하다고 느끼시는지요?"

"냉장고가 수평이 안 맞는 것 같아요."

"저희는 청소만 했는데요."

"아무튼 이상해요. 청소만 했는데 왜 수평이 안 맞을까요?"

"네? 그럴 리가요."

고객님의 클레임이 선뜻 이해되지 않았다. 냉장고를 분해해서 조립한 것도 아닌데, 청소만 했을 뿐인데 수평이 달라졌다니. 고객님은 자신이 모 대학에서 미술을 가르치는 사람이라고 당당히 말씀하신다. 직업이 교수라는 얘기다. 그런데, 교수님이 아니라 훨씬 더 똑똑한 사람이 뭐라고 해도 기계적인 진실은 바뀌지 않는다.

"고객님 그럼 제가 수평자로 수평을 재보겠습니다."

수평자을 꺼내 물방울을 본다. 수평은 정상. 정확히 가운데 눈금에 멈춰 선다.

"보세요. 정상인데요."

"그럼 지금 내가 잘못됐다는 거예요?"

수평자가 수평이 정상이라는 걸 말하고 있는데도, 그 고객님은 자신의 시선만을 진실이라고 주장하고 있었다. 자존심 때문인지 오류를 인정하지 않는 것이다.

'아, 이 사람은 상식과 합리를 개나 줘버렸구나.'

살짝 고개를 내미려는 화를 참고 고객님에게 말을 걸며, 이분의 본심이 무엇일까를 계속 관찰하기로 했다.

"고객님, 왜 수평이 틀어졌다고 느끼시는 거죠? 어딜 보고 그렇게 느끼신 거예요?"

"냉장고 위에 수납장을 보세요!"

보통 가정에서는 냉장고를 주방가구와 어울리게 하려고 EP를 옆면에 대고 냉장고를 빌트인처럼 꾸미는 경우 남는 윗부분을 수납장으로 처리하는 경우가 있다. 고객님의 말대로 수납장을 찬찬히 살폈다. 그러다 무언가를 발견했다. 그 수납장은 한쪽이 다소 처져 있었다. 천정에 수납장이 바짝 붙어 있어야 하는데 오른쪽으로 갈수록 천정 면과 벌어진 상태가 명확히 보였다. 당연히 힘을 받고 있는 EP도 살짝 틀어져 있었다.

"고객님 화내지 마시고요, 제 말을 들어보세요."

그러면서 내가 알고 있는 상식과 지식, 경험칙 등을 설명드렸다. 수납장이 이렇게 힘을 받고 있을 정도로 기울면 장 속의 내용물들이 한쪽으로 쏠려 장이 떨어지는 사고도 일어날 수 있음을 알려드렸다.(장이 한쪽으로 기울며 와장창 무너지는 일도 생길 수 있는 것이다. 친형이 주방가구 매장을 운영하고 있어 종종 일을 돕다가 알게 된 사실이다.)

고객님은 내가 그 집을 떠날 때까지도 석연찮은 표정을 풀지 않았다.

오해는 누구나 할 수 있다. 더구나 잘 알지 못하는 분야에서는 그런 오해가 더욱 빈번하다. 그러나, 자신에 대한 믿음이 클수록 자신의 오류는 인정하기 힘들다. 그날의 고객이 그런 유형의 분이셨던 것이다. 이분이 나와 같이 상식선에서 오류가 일어난 원인을 같이 찾으려는 모습을 보였다면 문제점을 쉽게 발견할 수도 있었고, 내가 냉장고 관리법에 대해서 더 도움을 드릴 수 있는 부분도 있었을 것이다.

나를 낮추는 일과 자신의 오류를 인정하는 일은 정말 어렵다. 고객이나 작업자에게 공히 필요한 덕목이다. 더구나 자신을 갑의 위치라고 여기고 있는 사람이 자신보다 낮아 보이는 이에게 그렇게 하는 것은 정말 어려운 일이다. 그런데 그게 정말 그토록 어려운 일이어야 할까.

다소 고리타분하게 들릴 수도 있는 얘길 하나 하자면 이 땅이 조선이라고 불리던 시절엔, 아니 불과 몇십 년 전만 해도 손아래의 사람에게, 심지어 낮은 신분의 사람에게도 함부로 '하대'하는 경우는 드물었다고 한다. 유교적 의례와 질서가 사람을 하대하는 문화를 계도한 결과일 것이다. 물론 현대의 사람들이 유교가 지배하던 시절을 어느 정도 경멸하는지 알고 있다. 내 말도 유교적인 가치를 되살리자는 얘기가 아니다.

하지만 과거에 계급이 존재하던 시절조차도 사람을 함부로 하대하는 것을 경계하는 것이 인본적인 도리라고 여겼는데, 그것이 급격히 무너진 지금 시대를 나는 개인적으로 평등한 사회, 진보적인 사회로 인정하기 힘들다. 다들 많이 배우고 익혔는데, 인간과 인간 사이에서 불필요한 위계와 차별이 심화된 이유는 무엇일까.

나는 지금 이미 지나간 일에 대해 심리적 거리를 두고 그때 내가 느꼈던 불편함이나 서운함, 또는 감사했던 일과 감동을 받았던 일에 대해 이야기를 하고 있지만, 어떤 노동자는 고객의 말 한마디에 깊은 절망과 회한을 느끼고 우리 사회에 대해 원망을 품게 될 수도 있다.

살면서 천사를 만나고 덕을 쌓는 일은 사실 우리가 상상하는 것보다 훨씬 쉬운 일이다. 나 자신을 내려놓고 내가 먼저 천사가 돼보는 것이다. 천국이 어디에 있는지 묻는 이에게 예수님은 너에게 있다고 하셨다는데 잠시 천사가 돼보는 일은 과연 불가능한 일일까? 그렇지 않을 것이다. 오로지 희망과 긍정으로 내가 살고 있는 고해의 땅을 천국으로 여기고 내 마음속에 작은 강물을 흐르게 두는 것만으로도 이 삶은 풍요로워질 수 있다. 결코 천국은 돈과 권력과 계급으로 가질 수 있는 것이 아닌 것만은 분명하다.

## 단순한 게 필요해요

가전제품 청소를 본업으로 삼아 처음 일을 시작할 때 내 차는 1999년식 '자존심'으로 불리던 경차보단 배기량이 큰 차였다. 지금 업무용으로 쓰고 있는 차는 2014년식 경차다. 경차지만 내부가 상대적으로 넓고 작업용 공구와 기구들을 싣고 다니는 데 별다른 불편이 없다.

처음에 사용하던 차는 언덕 같은 경사진 곳을 오를 때면 "에어컨 좀 꺼주세요."라고 하소연하는 것처럼 힘이 부쳤고 과속방지턱이라도 만나면 조심스레 운전해도 "쿵쾅"거리며 속앓이를 하기 일쑤였다.

동업자인 아내는 차만 타면 멀미 때문인지 잠에 빠져들었다.

그러면서도 운전 중인 나를 배려하려고 눈을 부릅뜨곤 했는데, 세상에서 가장 무겁다는 눈꺼풀을 어찌 이기겠는가. 1~2분쯤 지난 뒤에 보면 곤한 잠에 빠져 있었다. 그런 와중에도 차가 흔들릴 때마다 억지로라도 눈을 뜨려는 모습을 볼라치면 예쁘고 사랑스럽고 안타까웠다. 12R 사이즈의 바퀴가 14R 사이즈로 바뀐 차에서 아내는 여전히 잘 잔다.

오늘도 그런 아내와 일을 끝내고 사무실에 도착했다. 우리는 쉴 틈도 없이 내일을 위한 준비를 한다. 의뢰가 들어온 곳의 주소를 '내비'에 입력해 경로와 소요시간을 숙지하고, 작업에 필요한 장비와 기구를 체크한다. 오늘은 땀으로 샤워를 실컷 하고 왔다. 일이 다소간 매끄럽게 진행되지 않아 순간순간 위기를 느꼈지만 다행히 마무리는 잘 됐다. 매일 하는 일이지만 현장에 따라 대상에 따라 매번 다른 느낌이 드는 것인데 이것은 내가 아직 가야 할 길이 멀다는 방증일 것이리라.

몇 년 전 우리나라 모 회사가 가전업계 세계시장 점유율 1위를 차지했다는 뉴스를 접한 적 있었는데 대단한 일이라는 생각이 들었다. 자살율이나 저출산율 등 부정적인 것으로는 이미 세계 1위를 여러 분야에서 한 경험이 있지만 긍정적인 측면에서 기업이 세계 1위를 한 것은 참으로 대단한 일이다. 내가 하는 일이 가전업체들과 무관한 일이 아니기 때문에 더 감정이입이 되고 기쁘게 받아들여졌던 것 같다.

7,8년 전쯤이었을까. 미국브랜드인 GE사의 냉장고를 청소할 때의 일이다. 냉장고 문을 열고 바라보면, 정면 아래쪽이 메탈 판으로 되어 있는데 그곳을 닦다가 "스윽~" 하고 아주 가뿐하게 손을 베었다. 이렇게 날카로운 것에 베였을 때는 기막힌 구급약이 있다. 마치 나 같은 사람을 위해 개발된 듯한 '순간접착제'라는 이름의 신의 선물. 이게 지혈도 빠르고 지혈이 빠른 만큼 바로 일을 재개할 수 있어 이런 상황에서 몇 번 사용하게 되었다. 나중에 알고 보니, 실제로 의료용 순간접착제도 있었다. 그렇다고 공업용이 의료용을 대신할 수 있다고 우길 생각은 없지만, 나름대로 때에 따라 임기응변이 가능한 방편이다.

그날 지혈을 하며 생각했다.

'세계적 기업? 좋아하시네. 끝마무리를 우리나라 기업이 이렇게 했으면 고객들 등쌀에 진즉에 문 닫았지. 에효, 세계적 기업이라는 것들 수준이….'

당시만 해도 우리나라 가전업체들이 생산하는 냉장고들은 대부분 외국 회사 모델을 모방해서 내놓을 때였다. 그날 베인 손으로 일을 하면서 우리나라 기업이 1위 될 날이 멀지 않았다고 말을 하니 고객님이 글쎄요라고 하셨다. 그러나 그 '글쎄요'가 어느 날 실제로 이뤄진 것이다. 나는 우리나라 기업들이 세계 1위 기업이 된 것은 소비자들의 집요한 요구 사항에 귀를 기울이고 이를 기술혁신에 접목한 결과라고 생각한다. 그런데 내 개인적으로는 우리나라 기업이 계속 1위를 유지할 수 있을까라는 질문에는 다소 회의적이다. 글로벌 시장에서 가전사들의 경쟁이 더 치열해질 테니 쉬 장담할 일은 아니리라. 다만 건투를 빌 뿐.

내 생각이지만 가전사들이 필요한 최소한의 기능만 제대로 갖춘, 단순하고 소박한 디자인으로 이뤄진 제품들을 선보였으면 한다. 지금 나오는 최신형 제품들의 가격대는 수입품들과 비교해 보았을 때 큰 차이가 없다. 물론 다양한 첨단기능을 내장하고 있지만 그 모든 기능을 능수능란하게 사용할 고객은 많아 보이지 않기 때문이다. 현장에서 소비자들의 말을 들어보면 불필요한 기능은 거의 사용하지 않는다는 분들이 많은데, 편리를 위한 본래의 취지와는 다르게 그저 비싼 제품을 소유했다는 만족감을 안겨주는 것 외에 그 기능들의 쓸모는 실질적으로는 거의 소용이 없는 게 아닐까 한다.

언젠가 고객님 집에서 의뢰받은 드럼세탁기를 청소해드리고 고객에게 세탁기 관리법을 설명해드렸더니 내 말을 들으시던 고객님이 하시는 말씀이 재밌었다.

"결국은 사람 손이 일일이 가야 하는 거네요. 이게 무슨 전자동이야?"

빨래만 자동으로 하지, 고무패킹과 세제통, 거름망 등은 수시로(기왕이면 빨래 후 바로) 닦아내고 털어내야 한다.

세계시장 1위를 달성한 국내 기업이 요즘 기능의 다변화를 추구하고 있는 듯하다. 내심 그 방향으로 가지 않기를 바란다. 사용하기 쉽고 심플한 것이 가전제품의 본질이다. 점점 바뀌어가는 제품들을 보다 보니 변해가는 우리의 세태처럼 느껴지기도 한다.

가전제품의 디자인과 기능, 전력소비량 등이 변화를 거듭할 때, 우리의 생활 패턴과 모습들도 예전에는 상상도 못할 정도의 모습으로 함께 변해왔다. 그 변하는 속도가 너무나 빠른 탓에 마치 과거, 현재, 미래가 한자리에 모여 앉아 자신들의 모습과 경쟁하는 듯한 착각을 일으킬 정도가 되었다. 그럼에도 구식이고 아날로그식이었던 그 시절의 기억들이 어떤 모종의 그리운 추억으로 내 안에 쌓여져 있다. 진화하는 기계를 만지다 보니 자연스럽게 지난 시간과 다가올 시간을 통찰하게 된다.

편리한 만족이 아닌, 적당한 불편이 특별한 추억을 생산하는 공장이 된 것은 작은 불편과 그 불편에 대한 만족이 있었기 때문이 아닐까 생각한다. 변하는 동안 추억만 남아 다시는 볼 수 없는 모습들이 머리와 마음속에서 재생되어 나를 붉게 상기시킨다.


### 땅에 묻히다

항구의 어부들을 보면
그들이 지나 온 죽음들을 보면
파도 밭을 일구는 그들의 모습에는
주름 골 사이사이
산 자와 죽은 자가 같이 산다

창문 밖 전신주라는 나무에는
곱게 빗은 전선이 널리어 있지만
어느새 사라져 가는 그들
키가 컸던 그들이
점점 자라나 땅속으로
땅속으로 자라나고 있다

전선 위의 참새도 쉴 곳을 잃고

무궁화 꽃이 피었습니다
전봇대에 모여 있던 아이들
지하에서 만나게 될까
전봇대에 술래를 두고 싶다

—조수형 미발표시 「땅에 묻히다」 전문

# 얘기를 듣다 보면

예약된 작업을 위해 출발하기에 앞서 잠시 짬을 이용하여 그날의 일을 복기해본다. 내가 사업자 등록을 마치고 얼마 지나지 않았을 때의 일이다. 정릉 사시는 어떤 마음씨 좋은 할머니의 소개로 그분의 친구 되시는 분들의 집 세탁기며 입주청소며 일이라면 안 가리고 할 때의 일이다.

이분들은 모두 70이 넘으신 연세였는데도 어찌된 일인지 도무지 나이를 가늠할 수 없는 얼굴들을 하고 계셨다. 그분들 중에 한 분이 또다시 내게 연락을 해서 가전제품 청소 의뢰를 하셨고 나와 아내는 약속된 날짜에 그곳을 방문했다.

냉장고가 두 대, 김치냉장고가 하나, 그리고 드럼세탁기 한 대였다. 하루에 끝내기에는 다소 **빡빡**하다고 할 수 있는 수량이었다. 한 여름에 스팀으로 먼지를 불리고 닦고 위로 아래로 움직이자니 오후쯤 되자 이미 몸은 지쳐 있었다.

그런데, 고객님이 부르시는 거다.

"이리 좀 와보시게~ 과일 좀 먹고 해."

"아뇨, 이것만 끝내고요~"

이 일도 흐름이 중요해 일하는 중간에 음료수와 간식 같은 걸 먹으며 쉬는 시간을 갖게 되면 끝나는 시간이 한정 없이 길어진다는 걸 경험으로 알고 있었다. 마치 공부하다 쉬는 시간을 가지면 다시 집중하기까지 시간이 걸리는 이치와 같다. 그래서 작업이 들어가면 일이 마무리될 때까지 되도록 쉬지 않고 작업하는 쪽으로 루틴을 갖게 되었다. 공정이 끝날 때 숨 한번 크게 내쉬며 호흡을 가다듬는 거지 그 외엔 그냥 계속 작업해야 일이 깔끔하게 마무리된다.

그런데 고객님이 이내 재차 나를 부르시는 거다. 고객님의 억양은 그새 다소 바뀌었고 어떻게 들으면 조금은 화가 난 듯한 목소리다.

"이리 좀 와보시게~!"

"네~ 뭐가 잘못 됐나요?"

"봐, 자네도 지쳐서 얼굴이 빨갛구만, 저 사람 자네 아내 아닌가? 자네 아내도 얼른 불러."

그래서 나는 아내의 이름을 불렀다.

"정화 씨~"

그때 다가온 아내의 얼굴을 비로소 봤다. 땀 흘린 얼굴은 벌겋게 달아 올랐고 지친 빛이 역력했다. 우리 둘이 소파에 앉자 고객님은 과일을 앞으로 밀며 말씀하신다.

"남자인 자네도 지치는 일인데 아내도 생각해줘야지. 가만 보니까 자네가 멈출 때만 이 사람도 멈추더만. 자네가 알아서 쉬는 시간을 만들어줘야지. 학교에 가도 공부시간만 있는가? 쉬는 시간도 있지 않은가. 사람을 이렇게 끌고 가면 오래 못가는 법일세. 아내가 잘 따라준다고 해서 그냥 자네 체력대로 일을 하면 여자가 어떻게 견디나? 자네가 책임자라면 팀원 상태를 조절하며 일해야 되는 거 아닌가 말일세."

과일과 음료를 더 주시며 더 쉬라고 연신 과일을 깎으시는 이분 말씀은 틀린 게 하나도 없었다. 나 혼자 일에 빠져, 언젠가부터는 내 눈치를 보는 아내를 만들고 있었던 것이다. 힘들어 잠깐이라도 숨을 돌리려다가도 계속 움직이는 나를 보면 쉬는 것도 어색해져 쉴 수가 없는 것이다. 그 순간 내가 아내를 잡을 뻔했다는 생각이 들었다.

그날 그분의 지혜로운 질정은 나로 하여금 아내와 함께 일하는 자세나 태도에 대한 진지한 성찰을 하게 만들었다. 지쳐 보이는 아내의 모습을 보면서 자책을 할 때도 있었지만 차마 개선하지 못했던 것이었다. 속도를 맞추는 일은 매우 중요하다. 그것은 효율과 능률 이상의 가치를 갖는다. 그것은 오래갈 수 있는 기초체력이다. 단독작업이 아닌 팀워크가 필요한 일들은 마치 단체경기와 같아서 혼자 뛰어나서는 결과에도 좋은 영향을 미칠 수 없다. 이것은 사람이 모이는 곳에서는 어디에서나 적용되는 문제였다. 본질적으로 노동을 대하는 태도에 있어서도 내 시선과 관점을 어떻게 가져갈 것인지를 점검하고 대안을 만들어 수정하는 계기가 됐다.

시를 쓴다는 것도, 글을 쓴다는 것도 마찬가지다. 뛰어난 미사여구와 화려한 기교만으로 아름다움이 담기는 작품이 될 수 있겠는가. 동시대에 대한 아픔과 인간에 대한 애정이 없는 노래가 문학으로서 얼마나 가치가 있겠는가. 시를 쓰고 글을 쓰는 건 비록 단독작업에 속하지만 필수적으로 교감이 필요한 이유다.

교감 없이 음풍농월로 우리 시대를 포장하는 시들이 간혹 있다. 많은 이들이 극과 극으로 나뉘어 서로를 아프게 찌르는 시대에 사는 이들에게 필요한 건 서로에 대한 관점 이동이다. 시가 그런 역할을 해야 한다고 믿는다. 마음을 놓는다는 말이 있다. 모든 시름에서 벗어나는 것이 마음을 놓는 것이다. 시를 읽으며 마음을 놓을 수 없다면 언제 또 그럴 수 있겠는가. 오히려 시를 읽지 않고도 쉴 수 있는 이, 마음을 편히 할 수 있는 이들이 시를 소비하게 되는 것이 아닌가 하는 오싹함이 있다.

나의 노래는 누구를 위한 것인가. 남을 돕는 것이 바로 나를 돕는 일이라는 것을 깨닫게 되기까지 또 세월이 흘렀다. 삶에 귀를 기울이다 보면 나에게 무수히 많은 말을 건넨다. 당신이 하는 일이 당신에게 건네고 싶은 말은 열심히 일해 부자가 되라는 말이 전부는 아닐 것이다. 그 외에도 많을 것이다. 당신은 그것에 귀를 기울이고 있는가.

귀 기울이지 않아서 놓친 이야기들. 오늘 저녁에는 한번쯤 들어보시면 좋겠다. 아내가 하는 말, 남편이 하는 말, 자녀가 하는 말, 친구가 하는 말, 동료가 하는 말…. 그들이 나에게 하고 싶었던 말들을 들어보는 날. 들으려는 시간. 문을 열고 기다리기도 하고, 앉아서 쉬게도 하고, 그렇게 말을 듣는 시간이 됐으면 좋겠다. 나는 그들에게, 그들은 나에게 한 발자국씩 더 가까워지는 시간이 될 것이다. 믿음은 듣는 데서 나온다고 했던가?

# 속을 보여주는 일

누구나 인정하겠지만 냉장고는 우리 삶에 없어선 안 될 위치를 굳건히 확보하고 있다. 인간의 수명이 획기적으로 연장된 이유로 전기의 발명을 드는 전문가들이 있고 그 전기는 식품을 냉장 보관할 수 있는 걸 가능하게 만들었다. 적어도 문명권 내에 사는 사람들은 1년 내내 상한 음식과 박테리아의 위험으로부터 벗어나게 된 것이다.

각 가정집마다 있는 냉장고는 어떤 의미에서 그 가족들의 삶이 고유하게 보여주는 하나의 표본이다. 일을 하러 고객님의 집에 방문하게 되면 인사를 드린 후, 다소간 호기심을 갖고 바로 냉장고 문을 열어본다. 냄새가 올라오는 집이 있고, 선반과 바스켓에 음식물과 조리재료들이 꽉꽉 채워진 집이 있다. 겉에서 보기엔 근사해도 안에서는 이미 정리와 수납이 불가능하게 돼버린 상태가 대부분이다.

그때 냉장고는 사람의 모습을 하고 있다. 누구도 그 사람의 겉을 보고 그 사람을 다 알 수 없듯 가정집의 냉장고도 그렇다. 내가 청소하는 순서와 과정은 다음과 같다.

냉동고 안의 내용물 중 녹아도 괜찮은 것들은 깔판을 깔고 꺼내놓고 나머지는 가져간 아이스백에 모두 꺼내서 차곡차곡 넣는다. 그리고 역시 깔판 위에 냉장실 음식물들을 모두 꺼내놓는다. 선반과 바스켓을 모두 분리하고 스팀으로 1차 소독 겸 청소한다. 구연산 도포 후 2차 소독 겸 청소를 실시한다. 선반과 바스켓은 욕실로 가져가 청소를 하면서 소독한다. 본체에 엎질러진 음식물과 국물이 굳어서 바닥에 젤리처럼 된 경우도 많다.

내부는 140°c~170°c 온도의 스팀과 친환경 약품인 과탄산소다, 구연산 등으로 고무패킹까지 살균과 청소를 한다. 그러고 마무리하는 게 냉장고 청소의 과정이다. 겉은 바닥을 제외한 5면과 냉장고가 위치했던 바닥을 닦게 되는데, 기계실 청소는 고객의 의향을 여쭙고 추가 비용으로 작업하게 된다. 작업 중 스팀을 이용하다 보니 겨울에도 땀이 난다. 그러니 무더운 여름엔 오죽

하겠는가.

냉장고 냄새의 원인은 바이러스와 세균이다. 방송촬영이 있어서 방문했던 집들은 평범하기 이를 데 없는 가정의 냉장고였음에도 측정기로 검사한 세균측정기의 수치가 6만~13만 정도 검출됐었다. 오염도 비교를 위해 싱크대와 화장실을 검사했었는데 싱크대 배수구가 8,000, 변기가 6,000 정도 기록됐었다. 냉장고의 오염도가 월등히 높은 것을 단적으로 보여준 예다. 사실 모든 오염은 손으로부터 시작된다.

처음 가전제품 청소업을 하기로 마음먹고 가게를 열어 시작할 때 동창의 여자친구에게 냉장고 청소를 권했었다. 그랬더니 친구가 하는 말이 이랬다.

"수형아, 청소를 맡겨도 다른 데에 맡기지. 어떻게 너에게 맡기겠냐. 냉장고를 누구에게 보이는 건 벌거벗은 몸을 보이는 거랑 같은 거지."

나는 그냥 웃고 말았다.

"하하하."

그런가 보다. 누구에게 냉장고 청소를 부탁하는 것이 이렇게 부담스런 일이라니. 사실 내 서비스를 이용하시는 분들은 전혀 면식이 없던 분들이 대부분이다.

청소가 끝났을 때 고객님이 "새것 같아요." 하고 즐거워하시는 모습을 볼 때는 기쁨이 절로 느껴진다. 돈을 떠나 일에 대한 보람과 자부심이 생기기 때문이다. 고백하자면 사실 나는 정상적으로 보이지만 비정상적인 신체를 소유하고 있다. 2003년경 '뇌동맥류'라는 병으로 이 세상과 이별을 고할 뻔하다가 하늘로부터 허가받지 못해 아직 지상에 머무르고 있는 몸이다. 세상에 진 빚들을 갚고 오라는 뜻으로 여기고 있다.

죽음의 슬픔은 남은 자의 몫이다. 나는 거기서 책임을 부여받은 것이다. 착하게 살라고. 사람이 상상하는 영화 속의 모든 등장인물보다 더 나쁘지 않았을까라고 여겨지는 시절이 있다. 죄를, 업보를 산더미같이 안고 사는 인간이라 이보다 더 선한 삶을 살아야 할 의무가 있다. 사람 바뀌기가 지구 역사만큼 힘든 것이기에, 쉽지만은 않지만 그리 되도록 매일 애를 쓴다. 그나마 '나쁜 놈'이랄 수 있는 사람보다 '착하다'고 하는 이들과 인연이 생기는 걸 보면 내 삶에 어느 정도 변화는 있는 것 같다.

뇌동맥류 수술로 인해 내 몸 안에는 인조혈관(수술명이 인조혈관 치환술이었음)이 도도히 위치하고 있다. 아울러 수술의 경과도 좋아 좋아하는 음주도 가능하고 고혈압 걱정은 안 해도 되는 처지가 되어 있다. 삶을 긍정적으로 보게 된 것은 보너스다.

이때 응급 처치를 받은 병원에서 수술 받을 병원으로 이송됐을 때 간호사는 짧고 간단하게 말했었다.

"벗으세요. 벗고, 여기에 누우세요."

탁 트인 공간에서 어디까지 벗어야 하는지 고민할 때 간호사는 눈치를 챘는지 다시 얘기했다.

"팬티까지 다 벗으세요."

그래서 간호사 앞에서 다 벗고 자리에 누웠던 기억이 있다.

왜 그 이야기를 하냐면 가정집의 냉장고는 그처럼 치료를 받기 위해 옷을 벗은 환자와 같은 모습일 때가 많기 때문이다. 일반 가정에서 냉장고를 청소하는 것은 눈에 보이는 오염과 때의 제거가 목적이겠지만 냉장고 청소를 업으로 삼는 사람들은 세균 제거까지 신경을 쓰기에 냉장고 깊숙한 속 안의 모습까지 볼 때가 있다.

치료란, 고침이란, 여는 것, 열어 보이는 것부터가 아닐까. 우리는 많은 부분, 많은 곳에서 숨기고 감추고 묻어두며 산다. 개인도 그렇고 사회와 국가도 그렇다. 그러나, 치료가 필요하다면, 수정이 필요하다면 일단 열려 있어야 가능하다.

여기서 냉장고 관리 팁 몇 가지를 알려드리겠다.

**냉장고 관리 팁**

- 선반이나 바스켓에 종이나 수건을 깔지 말것. 무엇을 흘리셨다면 바로 닦고 마른 행주로 마무리하는 게 좋다.
- 냉동실 벽에 얼음이 얼면 냉장고 앞부분 발에 나무나 강화 플라스틱 등을 고여서 앞부분을 높여준다. 문의 고무패킹이 노후돼 그럴 수 있으니(문이 꽉 닫히지 않아 냉동고 안이 공기와 접촉되면 얼거나 성에가 생긴다.) 앞을 높여주는 것만으로도 상태가 호전될 수 있다.

# 약한 자를 향한 시선

사실은 앞의 냉장고 이야기를 쓰고 있는데, 아들이 빨간 소주를 한 병 사오기에 아들과 술잔을 나누다가 글을 중간에 날려 먹었다. 냉장고는 확실히 삶을 은유하는 기능이 있는데, 이것도 냉장고가 가르쳐준 삶의 교훈 아닐까 싶다. 이번에도 냉장고 이야기를 해보려고 한다.

냉장고 청소를 하게 되면서 나는 아내들의 고충을 이해하기 시작했다. 그들에게 고마운 마음이 들었고, 또 그동안 무심했다는 반성이 일기도 했다. 어디든 그렇지만 어지르는 이 따로 있고 치우는 이 따로 있는 것 같다. 요즘은 생활과 풍습에 따라 많이 달라졌지만 아직도 집에서는 '아내'와 '엄마'가 치우는 그 지겨운 일을 해내고 있다. 많고 많은 일 중에 왜 냉장고 청소는 재미없고 하기 싫고 지겨운 일이 됐을까?

가사 일 대부분이 그렇지만 노력의 흔적이 그닥 가시적으로 드러나지 않는다는 것이다. 공을 들여 청소를 해도 무심한 가족들 눈에는 어제와 다름없는 집 안 풍경이 그저 능청스레 펼쳐져 있는 것이다. 분명히 애도 쓰고 신경도 쓰고 고생도 했지만 밖에서 돌아온 가족은 아내와 엄마가 무엇에 땀을 흘렸는지 도무지 알 수 없고, 아내와 엄마는 그것이 못내 섭섭하다.

청소를 하기 위해 냉장고 속 음식과 식재료들을 몽땅 꺼내 놓으면 어느 집이든 거실 하나 가득이다. 냉장고 안을 행주로 닦고 음식물 묻은 곳을 닦아내고 곰팡이 낀 곳을 치우고 나면 다시 물건을 냉장고 안에 집어넣어야 한다. 자연의 섭리로 차가운 곳에 있던 것이 밖에 나오면 물기가 생긴다. 고로 다시 넣을 때는 물기를 모두 제거해야 한다. 집어넣는 동안 버릴 것을 따로 빼내기도 한다. 유통기한이 지난 것, 조리된 지 오래된 음식, 잘 안 먹어 상해가는 것들, 싱싱함을 잃은 채소와 과일, 건강을 위해 구입했던 엑기스들. 이런 것들을 정리하고 나면, 보이는 건 그냥 원래 그대로의 모습인 냉장고다.

남편들은 냉장고 문을 열어보고 무엇이 바뀌었는지 잘 모른다. 그들은 냉장고 속을 평소에 유심히 관찰하지 않은 존재들이다. 그냥 원래 있던 것들이 그대로 그 자리에 있다고 생각해버린다. 내가 냉장고 청소를 마치고 나면 오로지 주부들만이 감탄하고 좋아하고 진심으로 반긴다. 냉장고의 존재는 어찌하여 우리 사는 것과 이리 닮은 것인가. 늘 같은 날들. 놀랄 만한 일이 좀처럼 일어나지 않는 우리의 삶은 있어야 할 것이 그 자리에 그대로 놓여 있기까지, 보이지 않는 움직임들이 끝없이 작동한다. 있어야 할 것으 그 자리에 그대로 놓여 있는 것은 사실 작은 기적에 가깝다. 무료한 표정으로 일어나는 기적 말이다.

언젠가 아내에게 나도 무성의하게 얘기한 적이 있다. 냉장고를 정리한 아내에게 농담을 걸듯 했던 말이다.

"장농이라도 움직여야 뭘 했는지 알지."(아내의 지나친 애교와 생색에 대꾸한 말이기도 하다.)

놀랄 일은 다음 날 벌어졌다.

집 구조가 바뀌었다. 장롱의 위치가 바뀌고, 책상이 방을 바꾸어 놓여 있었다. 나는 너무 놀랐고, 아내는 "이까짓 것 가지고 뭘…." 하며 주부의 놀라운 기지를 맘껏 뽐냈다.

그렇다. 냉장고 청소는 표가 나지 않는 일인데, 시간과 노력은 많이 들어가야 하는 일이기에 꺼려하는 것이고 장롱은 어렵지만 확실히 표가 나는 일이니 꾀와 지혜로 해결한 것이다.

냉장고 청소! 수고로운 흔적이 사라지는 마법 같은 일. 그러기에 가정집이나 가전제품 청소와 관련된 일을 하는 이들 역시 마땅한 대우를 받기가 어려운 일이다. 이것도 세상물정을 닮았다. 이들도 사회 속에서 홀대 받는다.

지위가 높은 어떤 분은 청소미화원의 월급 액수를 듣고는 '그렇게 많나?' 했다는데, 그 돈 받고 그 일 해보실 의향이 있는지 묻고 싶었다. 모두가 꺼려하는 일. 그래서 '3D 업종'이라고 부르는 게 아닌가. 그런 분들에게 주어지는 보수는, 하시는 일에 비하여 훨씬 못 미치는 금액이라 여긴다.

세상에 더 나은 직업이란 것은 없다. 그 직업에 애정이 있는 자와 없는 자만이 있을 뿐이다.

언제부터인가 우리의 삶에 우리 스스로 새로운 계급 체계를 만들어 놓았다. 누구나 대학을 가야 하고 스펙을 쌓아야 하고 더 좋은 대학, 더 알아주는 대학원에서 학위도 따야 한다. 태어나서 유년 시절을 제외하고는 계속 피 말리는 경쟁 속으로 들어가 살아야 한다. 철들기 전부터 경쟁으로 내몰린 자들은 쟁취하는 것만을 인생의 목표로 삼은 지 오래됐다.

우리가 이런 사회를 만들었고 그것을 자녀들에게 그대로 물려주어 자신밖에 모르는 이기적인 사람들을 생산하고 있는 것이다. 옳고 그름의 기준이 그것이 '나'에게 어떤 영향을 미치느냐의 상황으로 결정되는 경우를 자주 보게 된다. 이런 일들을 어떻게 옳다고 할 수 있겠는가.

낮고 약한 자를 향한 시선에 경멸은 담을지언정 따스함이 있기 어렵다. 나를 위해 일하는 이들을 '루저'로 여기고 벌어지는 수많은 일들. 그 일이 발생하기까지 '나' 역시 동참하진 않았는지. 아니라고 하지 마라. 그게 단지 내 앞에서 나한테 벌어져 쓰린 가슴을 갖게 되는 것이지 남이라면 어디 신경이나 썼겠는가.

모든 안 좋은 일들에서 나는 상관없고 그 일에 참여하지 않았다고 하지만 천천히 깊게 생각하다 보면 그것이 얼마나 오만한 마음인지 생각날 것이다.

가끔은 나를 발가벗기고 나의 걸음들을 거슬러 따라 가봐야 한다. 그리고 맞닥뜨리는 나를 꼬옥 다정히 안아주길 바란다. 비로소 사람을 사람으로 안을 수 있을 힘을 찾게 될 것이다. 모든 게 쓰러진 삭막한 광야 같은 곳에서도 꿈은 익고 정은 혈관처럼 사람을 감싸던 시절이 우리에게 있었다.

## 타이밍

햇빛을 가져간 이들이여

오밤중에 별빛 기대

삯을 버는 이를 아는가


책을 펴고 내려오는 눈꺼풀

타이밍 한 알로 버티고

어미는 천근 졸음을 타이밍 두 알로 버틴다


휘영청 밝은 달도 위로가 못 되는 날

아이는 토막잠을

어미는 아이 자는 토막잠을

바쁜 걸음 도라지 팔어 지킨다


— 조수형 시집 『풍경은 거울이다』 중 「타이밍」 전문

2부

아직이라는
말

# 죽방멸치 이야기

이 이야기는 참 여러 번 수고롭게 쓰고 있다. 퇴고니 뭐니 하는 이유에서가 아니라, 대개 일을 마치고 돌아온 밤에 쓰다가 벌어진 촌극 때문이다. 졸다가 떨어진 핸드폰을 집다가 키보드의 어딜 눌렀는지 문서 파일이 사라지고, SNS 앱에 버그가 일어나서 또 날려버리고, 다 쓰고 저장을 누르지 않은 채 있다가 날아가고.

여러 가지 이야기 중에서 그 집과 관련된 이야기가 먼저 떠오른 것은 어쩌면 우리 세대에서 종종 볼 수 있었던 일이기 때문이기도 하고, 조금만 더 자세히 들여다보면 가까운 사람들끼리 갈등이 생기는 근원도 볼 수 있기 때문이다.

나이 든 부모와 자식 간의 이야기다.

젊은 며느리는 냉장고 안을 TV 광고처럼 깨끗하고 그럴싸하게 꾸미고 싶고 시어머니는 뭐가 됐든 일단 버리지 못하게 하는 통에 고부 간에 갈등이 생기는 가정들이 종종 있다. 어느 날인가 빨리 좀 와줄 수 없느냐는 전화를 받고 그 집에 가보았더니 부모님과 아들이 있었다. 노인 내외는 족히 칠팔십 정도는 되어 보였고 아들은 40대 정도로 보였다.

아들이 말하기를 "제가 물건 빼시는 걸 보고 있을 테니 빼시다가 제가 말씀드리는 것은 버려주세요. 지금 냉장고가 쓰레기장이에요."

거의 울기 직전의 목소리다. 아들의 말을 들었을 때는 어머니가 냉장고 안에 뭘 쏟으셨나 했다. 그러나, 냉장고 문을 열었을 때, 물건은 많았으나 예상했던 것처럼 최악의 상황은 아니었다. 생각보단 작업이 수월하겠다 싶었다.

어느 개그맨의 유행어처럼 "그건 네 생각이고"가 떠오르는데 시간은 오래 걸리지 않았다. 물건을 꺼낼 때마다 아들은 버리라 하고 어머니는 앉아 계시다가 뛰어오는 상황이 반복됐다. 연세 드신 분이 그런 순발력이 있을 줄은 몰랐다.

냉동실을 열었을 때 마침내 일이 터졌다. 특유의 짠내와 함께 마른 멸치 박스가 한가득 들어 있었다.

옆에 있던 아들이 "그건 박스 열고 내용물 다 버리세요." 하면서 마치 시범을 보이듯 박스 하나를 개봉하더니, 분류중인 음식쓰레기 봉투에 부어버린다. 나도 하나하나 박스를 열어서 내용물인 마른 멸치를 버리며 겉면에 적힌 글을 보았더니 '죽방멸치'라고 써 있는 게 아닌가. 그 귀하다는 죽방멸치 말이다. 이날 죽방멸치 1킬로그램짜리 박스를 자그마치 22박스나 버렸다. 냉동실이 이 죽방멸치로 채워져 있었던 거다.

멸치를 음식쓰레기 봉투에 모두 넣고, 냉동실을 살균하고 다 닦은 후에 빈 박스를 정리했다. 남은 냉장실을 청소하려고 냉장실을 열었다가 더운 척하며 "잠깐 나갔다 올게요. 너무 덥네요." 하고는 빈 박스를 하나 들고 그 집 대문 앞에 나왔다. 담배를 하나 물었다.

담배를 한 모금 들이키는데 갑자기 눈물이 터졌다. 눈물은 쉽게 멈추지 않았다. 내 어머니, 내 어머니도 이러셨을 것인데…. 일하다 밖으로 나온 것은 그 집 어머님께서 재래시장에서 사다 드시던 까만 봉지 안의 싸구려 멸치가 봉지 밖으로 몇 마리 나와 있는 게 내 눈에 띄었기 때문이다. 아들이 종종 사다드린 죽방멸치는 아마도 오로지 아들을 자랑하는 근거로 쓰였을 것이다.

"이거 우리 아들이 사다 준 거여. 이게 얼마나 비싼 건 줄 알기

나 해?" 이러면서 말이다.

냉장고 속 상황을 보고 아들도 알고 있으리라. 그래서 더 속이 상했으리라.

비싼 걸 사다 드리기보다는 누른 밥 한 그릇이라도 드시는 걸 옆에서 지켜보는 게 효도 아닐까. 지금은 멀리 사라진 모습이지만 추억 씹듯 가끔 그런 모습이 연출됐으면 좋겠다. 그날 그런 생각을 했던 기억이 지금도 남아 있다.

생각해보니 내가 수술을 받고 퇴원하고 6개월 후에 아버지가 돌아가셨다. 그리고 2년이 지나서 어머니도 돌아가셨다. 아버지도 어머니도 일흔을 채 못 채우시고 예순아홉에 돌아가셨다. 어머니를 나 홀로 모셨던 몇 개월. 임종도 나 혼자 지켰다. 그 세세한 모습 하나 하나가 내 눈에 머리에 가슴에 있다. 그러던 어느 날 그날을 시를 쓰는 지면에 옮겨 적었다.

어머니를 위해서 내 시 「임종」에서 당신을 잠시 여인으로 사시게 하였다. 우리는 어머니도 여인이었음을 종종 잊고 산다.

## 임종

저녁도 훨씬 지난
까만 밤 까만 방
눈꺼풀 올릴 힘도 없이
바짝 메마른 입술이
숨 쉬라는 코는 버려둔 채
입으로 숨을 쉽니다
허억 허억

손가락을
장난하듯 튕기듯
모르스 부호처럼
도로록 톡톡 도로록 톡톡
하늘로 보내는 신호인지
나에게 보내는 신호인지
도로록 톡톡 도로록 톡톡

힘들어하는 그녀

이미 작아질 대로 작아진
그녀의 옆에 눕습니다

신호하는 손을 가만히 잡습니다
까만 방에는 숨소리만 가득합니다
허억 허억 헉 헉
이윽고
소리마저 멈춥니다

그녀의 입을 닫아주고
이야기합니다
이제 편하시죠
거기 가시거든 더 편하실 거예요

잘 가요
엄마

단잠을 자고 있을 사람들
울음소리를 내지 않습니다

내 몸에 물이 이리 많았나
두 눈으로 물이 다 샙니다

조용히 이불을 덮고
그녀의 옆에 눕습니다
아직 하늘에 다다르지 못했을
그녀의 손을 잡습니다
숨소리 조용한 그녀입니다
저 잘 자라고 아주 조용합니다

오늘은
나랑 자자
엄마


ㅡ 조수형 시집 『풍경은 거울이다』 중 「임종」 전문

# 화내지 않기

내가 하는 이 일을 시작하고 얼마 되지 않았을 때 매우 인상적인 일이 있었고, 나는 SNS에 그때 상황을 답답해하며 올린 기억이 있다. 그 일은 한순간으로 종료된 일이 아니라 해를 넘겨 이어진 일이었고 모든 게 마무리되는 데 반년이 넘게 걸렸다.

한 고객이 냉장고 청소를 의뢰해왔다. 찾아간 곳은 월계동에 위치한 모 아파트였다. 얼마나 험하게 사용했는지, 구입한 이후 물걸레질조차 한 번도 해보지 않은 것처럼 냉장고 외관이 지저분했다. 그러니 냉장고 내부야 오죽했겠는가. 문을 여는 순간부터 확 끼쳐오는 불쾌한 냄새.

용기를 꺼내고 냉장고 내부를 살펴보니 상상 이상이었다. 흘러내린 음식 찌꺼기들은 젤리처럼 굳어 있고, 고무 패킹 사이에는 검은 때들이 곰팡이처럼 달라붙어 있었다. 바스켓 사이에 낀 말라붙은 채소 부스러기는 형체를 알아볼 수 없을 정도로 곤죽이 된 상태였다. 아무리 냉장고 청소를 안 한다고 하지만 이 정도까지일 줄은 상상조차 못 했다. '총체적 난국'이란 가히 이럴 때 쓰는 말인 듯 싶었다.

보이지 않게 한숨을 내쉬었다.

'하긴, 당신도 엄두가 나지 않으니 나를 불렀겠지.'

그런 상태로 냉장고를 사용하고 있는 고객이 새삼스럽게 다시 보였다. 하긴 이런 사람들 때문에 내 직업이 소용이 있는 것이니 한편으로는 감사한 일이라는 생각이 들기도 했지만. 어차피 해야 하는 일, 청소를 시작했다. 내부의 이물질을 제거한 후, 수십 번을 닦아내고 세 번의 살균처리 과정을 거치자 냄새가 가셨는데, 예상했던 시간의 두 배 가까운 시간이 할애되었다. 그러고는 냉장고 외부도 원래의 색이 돌아오도록 마무리 청소를 했다.

모든 작업이 끝나자 검수를 받기 위해 고객을 불러 냉장고 안 밖을 보여드렸다. 그런데 흡족해하실 줄 알았던 고객이 갑자기 욕실로 가더니 표정을 바꾸며 몰아붙이는 것이 아닌가.

"아니, 선반과 그릇(바스켓)들을 여기서 닦으면 어떻게 해요?"

"뭐가 잘못되었나요?"

"이거 보세요. 냉장고는 깨끗해졌을지 모르지만, 이렇게 욕실이 더러워진 건 어떻게 하냐고요. 어이쿠 이 냄새 좀 봐."

코까지 움켜쥐고 오만상을 찌푸리는데 어이가 없었다. 이미 냉장고 청소 전에 욕실 사용을 허락받았고, 고객도 오며 가며 욕실에서 세척하는 과정을 지켜보지 않았던가. 욕실을 용기를 세척하는 데 이용한 다음에는 원래대로 되돌려놓은 상태였다. 문제가 있다면 욕실에서 세척을 하느라 퀘퀘한 냉장고 냄새가 스며들었다는 것이고 그것을 핑계 삼는 것이 분명했다. 냉장고 관리가 그 모양인 사람이 욕실 청소인들 제대로 했을 리 없었다. 나는 고객의 의도를 정확히 꿰뚫었다.

"알았습니다. 욕실 청소까지 해드리죠."

묵묵히 되어가는 꼴을 지켜보던 아내의 눈꺼풀이 파르르 떨렸다.

'당신 미쳤어?'

눈빛이 그렇게 말하고 있었다. 다른 곳보다 두 배는 더 힘들게 일했는데, 공짜로 욕실 청소까지 해준단 말이야? 절대 안 돼! 절규가 들리는 듯했다.

고객은 한술 더 떴다.

"그렇게 해서 될지 모르겠지만 해보세요."

정말이지 코미디가 따로 없었다. 결국 피톤치드 100퍼센트 용액(시중에서 팔리고 있는 피톤치드는 20~40퍼센트 용액과 다른 성분이 섞여 있다.)으로 악취를 제거한 후 떡본 김에 제사 지낸다고, 서비스로 욕실 바닥이며 벽까지 반짝반짝 빛나게 닦아주었다.

작업을 마치고 물었다.

"이제 되었나요?"

"이 정도면 됐네요."

말은 그렇게 했지만 매우 흡족한 얼굴이었다. 냉장고 청소하는 값으로 욕실까지 반짝반짝 빛나게 만들었으니, 당사자 입장에서는 도랑 치고 가재까지 잡은 셈이 아닌가.

하지만 나의 수고는 말짱 물거품이 되고 말았다.

"이제 계산해주시죠."

정산을 요구했을 때였다.

"돈은 보름 뒤에 송금할게요. 계좌번호 적어놓고 가세요."

"뭐라고요?"

"지금 현금이 없으니 보름 뒤에 송금해 드린다고요. 그러니 계좌번호나 주세요."

미치고 팔짝 뛸 노릇이었다.

미안하다거나 주눅 드는 기색조차 없이 오히려 당당하게 요구하는데 오히려 내가 어안이 벙벙해졌다. 전화로 예약할 당시 미리 외상 거래를 하겠다는 말도 없었거니와 모든 작업이 끝난 후에 다짜고짜 돈이 없으니 다음에 주겠다는 사람이 세상에 어디 있는가. 그야말로 벼룩의 간까지 빼먹자는 것 아닌가?

"고객님. 저와 고객님은 처음 보는 사이잖아요. 도대체 뭘 믿고 그냥 가라는 겁니까? 어서 계산해주세요."

그러나, 나의 정당한 요구는 황량한 도시 뒷골목을 불어가는 바람 소리에 불과했다.

아내는 화가 난 표정이었지만 더 화가 나 있는 나 때문에 더욱 전전긍긍했다. 참을 수 있는 데까지 참지만 한 번 터지면 물불 가리지 않는 내 성정을 익히 아는 까닭이었다. 결국 내가 물러날 수밖에 딴 도리가 없었다.

'지금 가진 돈이 없는데 어떡하냐고? 맞긴 맞는 말이지. 딴 도리가 없지. 당신의 양심을 믿을밖에….'

그 보름이 한 달이 가고 두 달이 넘더니 아예 소식이 끊어지고 말았다.

살다 보면 어처구니없어 보이는 이런 상황이 때로 벌어지기도 한다. 그게 삶이다. 온전하게 내 노력의 대가를 받아 챙길 수 있으면 좋겠지만 때로 그 반대의 상황이 벌어지기도 한다. 옛 속담에 뭐 대주고 뺨 맞는다는 말도 있지 않은가. 그렇기에 세상은 요지경 속이기도 하다.

그리고 한참 시간이 흘러 해가 바뀐 어느 날이었다. 세탁기 청소를 의뢰하는 전화가 왔는데 뜻밖에도 이 고객이었다. 그새 이사를 한 것인지 다른 아파트로 오라는 것이었다.

'내게 줄 돈 뼁땅 뜯어 더 넓은 평수로 이사 갔나?'

이런 실없는 생각까지 하면서 장비를 챙겨 오라는 곳으로 차를 몰았다. 오랫동안 소식이 끊긴 채무자가 입을 열었다.

"이 세탁기 청소 좀 해주세요. 끝나면 저번에 주지 못한 비용까지 합쳐서 드릴 테니까."

반가운 마음이 들면서도 한편으론 '정말로 외상 거래로 인해 질질 끌려 다니는 하도급 업자 신세가 되는 건 아니겠지?' 이런 심정도 있었다. 세탁기를 분해하여 청소를 끝내고 작동 상태를 점검할 때였다.

"잠깐만요, 저건 안 닦았잖아요"

고객이 배수 호스를 가리키며 물었다.

"저건 저희가 닦아드리지 않는데요. 갈아야 하는 소모품이라서요."

"닦아주세요"

"아니….."

"왜요? 돈 받기 싫으세요?"

아무리 고객이 갑이라지만, 그리고 갑질이 대세처럼 유행한다지만 이런 식으로 무례하게 당당한 별종 갑을 상대할 줄이야 누가 알았겠는가.

'저걸 닦으면 돈을 준다고 했겠다? 그게 빈말인지 아닌지 한번 보자구. 공짜로 욕실 청소도 해줬는데 이까짓 배수 호스쯤이야 아무것도 아니지.'

결국 배수 호스까지 깨끗하게 만들고 나서야 밀린 비용까지 수중에 들어왔다. 돈을 준다는 말이 허언은 아니었던 셈이다.

나갈 준비를 하는데 '갑'이 물었다.

"혹시 교회 다녀요? 난 ○○교회 다니는데, 안 다니면 우리 교회 오세요."

노원구에서 제법 큰 교회 성도였던 모양이었다. 그래서 이 사람이 이렇게 무식하게도 당당했을까? 나를 자기 다니는 교회로 전도하고 싶었던 모양인데 말할 대꾸조차 느끼지 못하고 바로 나오고 말았다.

신앙을 가진다는 건 무엇일까. 사람들은 왜 교회에 다니는 걸까. 입으로는 하나님을, 예수를 사모하고 믿는다면서 하는 행동이며 사고방식이 극단적으로 편협하고 지독하게도 이기적인 사람들을 보면 내가 그리스도인임에도 불구하고 오만 정이 다 떨어진다. 내가 믿는 하나님과 저들이 믿는 하나님이 정말로 같은 하나님일까? 나의 구원이 되시는 예수와 저들이 믿는 예수가 과연 같은 예수일까? 아무래도 아닌 것만 같다.

절을 재건했던 집안. 나는 그 속에서 홀로 기독교인이다. 그러함에도 집안 누구도 나의 하나님을 욕하는 이도, 나를 말리는 이도 없다. 내가 그들의 제사에 찬송가를 부르며 그들을 방해하는 일도 없다.

그리고 도대체 기도와 전도는 왜 하는 걸까. 죄인을 그리스도의 보혈로 구원에 이르게 하기 위해서? 그러기 위해서는 무엇보다 그들을 향한 동정과 연민과 사랑과 자비의 마음이 필요할 터인데, 그런 측은지심은 눈을 씻고 찾아봐도 보이질 않는다. 자만과 교만과 자랑질뿐인 전도. 거기다 부족한 것이 없는데 무작정 더 달라고만 애걸하는 기복적인 기도.

하나님을 섬기는 일은 입이 아니라 행동이라 여긴다. 입으론 하나님, 예수님을 말하며 행동이 따르지 않는다면 그건 믿음이 아니라 하나님을 모욕하는 행위이리라. 돌이켜 생각하니 마지막까지 자신의 지위를 확인시키려 드는 고객의 발언은 화가 나기보단 안타까웠다.

'아버지, 저들을 용서하소서. 저들은 저들이 하는 일을 모릅니다.'

십자가에 매달리신 그리스도의 말씀이 떠올라 마음이 무거웠다.

# 가족의 탄생

이야기를 하다 보니 정작 동업자이자 반려인 아내에 관한 이야기를 하지 못했다. 사람들은 자기가 아는 착한 사람들에 대하여 이야기를 나눌 때도 있고 그런 사람과 인연을 맺는 경우도 있다.

내 아내. 단순히 착하다는 표현만으로는 뭔가 부족한 듯한 사람. 아내가 나를 알게 됐다는 것은 불행과는 다른 고생의 시작이었고, 나에겐 깊은 물속에서 숨쉴 때 필요한 스트로우 하나가 생긴 일이었다.

참 징그럽게 장난치는 거 좋아하는 까불이랄까, 아주머니들끼리 모여서 깔깔거리고 웃기 좋아하고 밝은 사람이었다. 자활 사업단 사무실에서 받은 첫인상이 그랬다. 어느 정도 시간이 지나고 스스럼없이 이야기를 나눌 수 있는 상태가 되자 이 친구, 내게 허락도 받지 않고 계단을 오를 때마다 앞서 가는 내 허리띠나 점퍼, 하다못해 티셔츠를 잡아당기는 것이었다. 마치 장님이 지팡이에 의지해 계단을 오르듯이 그런 식으로 계단을 오르는 것이었다. 위태로운 삶의 계단을 내게 의지해 오르듯이.

그 습성은 오랫동안 계속되었다. 함께 살게 된 지금은 내가 아내에게 해야 될 일이란 걸 깨닫고 있다. 인생이란 오르막길에서 누군가의 지팡이가 되고 의지처가 된다는 것. 쉬운 것 같으면서도 어려운 일이다.

언제부턴가 우리는 서로 붙어 다니기 시작했다. 뜨거운 피를 가진 청춘남녀가 만났으니 당연한 일이었다. 만날 때마다 자녀가 둘 있다는 정화 씨(아내의 이름이다.)는 속눈썹이 긴 인형 같은 딸을 데리고 나왔다.

"경식이는 어딨어. 걔는 왜 안 보여주는 거야?"

내가 웃으며 묻자 정화 씨가 웃음으로 얼버무렸다.

"나중에 만나면 되지요."

"대단한 보물인가 보네. 내가 눈독 들일까 봐 요리조리 빼돌리는 걸 보니."

농담인 듯 말했고 정화 씨가 웃었다.

결국 아들 경식이를 보았다. 지극히 평범해 보이는 아이였다. 그렇게 낯을 익히고 정화 씨네 아이들과 몇 번의 만남을 가졌던 어느 날. 식당에서 밥을 먹는데 밥숟가락을 물고 물끄러미 나를 바라보던 경식이가 뜬금없이 물었다.

"아저씨를 아빠라고 부르면 안 돼요?"

"안 될 게 뭐 있어. 아빠라고 불러."

쉽게 승낙했지만 정말 그 아이의 아빠가 될 줄은 꿈에도 몰랐던 일이다.

정화 씨가 아파서 출근을 못 했던 어느 날 오후, 집으로 찾아가 누워 있는 모습을 보았다. 가까스로 몸을 일으킨 그녀가 온통 어질러진 집 안을 주섬주섬 치우며 눈물을 흘리고 있었다. 그 눈물이 이해가 되고도 남았다. 잘났거나 못났거나 좋아하는 이성에게 가장 비참한 모습을 보인 여자의 심정이 아니겠는가.

명계 입구까지 갔다온 내겐 그따위 환경이야 별 게 아니지만 여자의 입장에서는 그게 아니었던 모양이다.

"뭘 치우고 그래? 이만하면 천국이구먼. 그보다 당장 누워야겠어. 꼴이 말이 아니네."

몸이 불덩어리 같은 정화 씨를 아이 달래듯 달래서 눕게 한 후 딸아이에게 물었다.

"밥은 먹었어?" 엄마가 아픈 바람에 잔뜩 겁을 먹은 선영이가 도리질을 했다. 점심때도 한참 지난 시간이었다.

'이 친구들 아침부터 굶고 있었던 거 아냐?'

이런 생각이 들어 정화 씨에게 다시 물었다.

"정화 씬 뭐 좀 먹었어?"

대답 대신 고개를 돌리며 눈물을 감추는 꼴이 아침부터 굶고 있는 것이 분명했다. 주방을 살펴보자 반 남은 찹쌀이 보였다. 아쉬운 대로 채소 다지는 통에 넣고 대충 찧어 죽을 한 솥 끓였다.

간장에 참기름 한 방울 떨쳐서 열과 땀에 젖은 정화 씨 앞에 놓았다. 선영이에게도 한 그릇 푸짐히 떠서 먹게 했다. 정화 씨는 눈이 빨갛게 된 채로 바라만 보고 있었다. 눈물을 뚝뚝 흘리며.

"허, 참 음식 앞에 놓고 뭐하는 거여? 좋게 안 먹어?"

화가 난 것처럼 소리쳤다.

희미한 목소리가 고막 속으로 들려왔다.

"고마워서요…"

도대체 정화 씨의 부모 형제들은 어디에 있는 것일까. 어디서 무엇을 하기에 정화 씨가 이 지경이 되도록 코빼기 하나 보이지 않을까. 안다. 몰라서 물어보는 것이 아니다. 가난이라는 거. 내가 가난해져 별 볼 일 없고 안 좋아지면 제일 먼저 형제가 떠나고 친구가 떠나가는 것이다. 마치 치매에 걸린 기억들처럼 그렇게 사라져가는 것이다.

가까스로 식사를 마친 정화 씨가 다시 자리에 누웠다.

"남은 죽은 냉장고에 넣어놨어요. 내일 아침에 데워 먹고 얼른 일어나요. 씩씩한 모습으로 다시 출근해야지."

이러면서 일어서려는데 경식이가 들어왔다.

"어? 나 빼고 뭐 맛있는 거 먹었어? 나 배고프단 말이야."

고소한 냄새가 나자 경식이가 코를 킁킁거리며 물었다. 결국 다음 날 아침에 먹으려고 남겨두었던 정화 씨의 죽은 고스란히 아들의 입으로 들어가고 말았다. 문제는 경식이가 식사를 끝냈을 때 일어났다. 갑자기 방 안에 이상한 냄새가 번지기 시작했다.

묘하게 풍기는 그 냄새를 자각한 순간, 정화 씨와 선영이가 소리쳤다.

"빨리 화장실 안 가고 뭐해!"

"어서 화장실로 들어가!"

결국 이날의 일 때문에 비로소 알 수 있었다.

경식이는 배변의 상황을 자기 마음대로 조절할 수 없는 장애를 가진 아이였던 것이다. 엄마와 동생이 소리치자 그때서야 사태를 깨달은 경식이는 서둘러 욕실로 들어가 혼자 상황을 정리했다. 남들의 도움이 없이는 자기 마음대로 몸을 움직일 수 없는 장애인에 비하면 훨씬 다행스런 일이었지만. 어쨌든 이 똥싸개 아들을 볼 때면 가슴 한쪽이 늘 무겁다. 지금은 인지능력이 많이 개선되었다고는 하지만 언제 어느 곳에서 뜻하지 않은 불상사가 일어날지 모르기에 늘 주의 깊게 살피게 된다. 어릴 적에는 동생을 늘 업고 다녔고 좋은 것은 동생에게 빼앗기면서도 '동생이자나요.' 간단하고 명확하고 당연을 얹은 말을 하곤 했다. 내 아들임을 떠나 천사가 있다면 이 모습이 아닐까 한다. 어쩌면 정화 씨보다도 더 천사다. 장애인 학교에 다니면서도 저보다 심한 상태인 자폐 친구들을 돕고 기꺼이 친구가 되곤 했다. 아무런 선입견 없이 누가 그렇게 할 수 있을까. 어쩔 수 없는 천사다.

다음 날 아침, 자활사업단에 들어서자 언제 아팠냐는 듯 정화 씨는 아주머니들과 수다 삼매경에 빠져 있었다. 보고 있자니 내가 답답해져 정화 씨를 불러냈다.

"정화 씨, 잠깐 봐요."

"네? 네."

"정화 씨, 하나님 믿는다고 했죠?"

"네."

"그렇게 하루 종일 수다를 떠는데 하나님 말씀이 들리나요?"

"네?"

"하나님이 정화 씨에게 경식이와 선영이를 지키라고 맡기신 거 아닐까요? 그 목소리가 들리시냐구요?"

"……!"

정화 씨로서는 상상하지 못한 말. 뜻밖의 말이었는지 충격을 받은 것 같았다.

다음 날부터 정화 씨는 조용히 성경을 읽기 시작했고, 주위 다른 여성 참여자들은 그런 정화 씨를 두고 수군거리곤 했다. 왜 그러냐고 묻기도 했고…. 나는 놀라기도 했고, 무섭기도 했다. 말한마디에 180도 바뀌는 사람을 본 적이 없었기 때문이었다.

자활사업단에 적을 두게 되면 참여자라는 호칭으로 불리며 일을 하게 된다. 일을 많이 하느냐 적게 하느냐에 상관없이 가족 수에 따라 일정한 금액을 국가로부터 지원받게 된다. 주로 많이 가난한 수급자(예전 영세민의 다른 말쯤으로 이해하시는 게 빠르다.)를 돕기 위한 좋은 제도이긴 하지만, 일할 의욕과 능력을 은연중에 갉아먹는 부작용도 있는 게 사실이다. 이게 지금의 자활시스템이다. 여기서 매립되느냐 탈출하느냐는 개인의 의지에 달려 있다. 거기에 젖어든 정화 씨가 안타까웠던 것이다.

"정화 씨, 형부와 언니가 개척교회 하신다고 했죠? 제가 거기부터 인사드리러 가야겠어요. 이번 주에 가요."

정화 씨 옆에 누군가 있음을 알려야겠다는 생각을 했다. 그 모든 것이 신의 섭리였을까? 하나님을 믿는 정화 씨에게 교회도 다니지 않는 내가 하나님 이야기를 하면서 새로운 가족을 꾸리는 희망을 품게 한 것이다. 남들이 보기엔 실로 어이없고 기막힌 일이 아닐 수 없겠다. 하지만 그런 마음은 진심이었고 지금도 변함이 없다. '내일 일은 난 몰라요. 하루하루 살아요.'라는 복음송도 있듯이 우리의 앞날을 오로지 하나님께 맡기고 하루하루 최선을 다해서 살아갈 뿐이다. 지금이 중요하다는 말은 내가 오늘 어떻게 살았는지에 대한 반문이 아닐까?

그렇게 해서 정화 씨와 나는 새로운 '믿음의 가족'이 되었다. 나는 믿음의 가족으로 여겼고 정화 씨는 이미 나를 가장의 자리에 묶어 놓았을 것이다.

과거, 죽음의 문턱까지 밟았던 나. 나는 공식적인 죽음의 일뿐만 아니라 여러 번 죽음과 동무했던 기억이 있다. 죽는 게 당연한 상태에서 하나님이 세상에 잠시 나를 놔둔 것이다.

나를 조금 더 있다 보시기로 작정한 하나님.

'아들에게 면도를 가르칠 때까지만 살게 해주십시오! 저 어린 아이가 너무 불쌍해지지 않겠습니까.' 마음속으로 드렸던 기도.

그리하여 나사로처럼 두 다리로 땅을 딛고 지금까지 살아온 내게 하나님은 새로운 아들과 딸과 함께 앞날을 어떻게 헤쳐 나가야 하는지 모르는 여인까지 선물로 주신 것이다. 이미 너무 지나치게 오래 살려놓고 계시다. 시키실 일이 있는 것인지.

누가 가족에 대해 물으면 이렇게 얘기하곤 했다.

나에겐 내가 난 아들과 하나님이 보내신 아들과 딸이 있다고 내 새끼들을 설명하곤 했다. 누구라도 내 새끼고 그 지위는 동등했다. 내가 난 아들 성민이도 여기에는 쿨한 면이 있었다. 형을 위하기 시작했다. 동생 선영이를 챙겼다. 어려운 일들이 쉽게 쉽게 풀렸다.

나는 가난했기에 자신 있게 같이 살자는 말을 못했었다. 아이들이 자라며 바라는 것들을 해줄 수 없음에, 그들이 느낄 실망감을 위로할 방법이 없었기 때문이다. 그러나 정화 씨는 달랐다. 살자고 먼저 얘기를 했고 몇 번인가를 거절했지만 결국 같이 살게 됐다.

이 가운데 닥치는 위기와 어려움들은 결코 중요한 것이 되질 못했다. 어떤 어려움이 닥쳐도 나에게 그것이 고난이고, 내가 고통의 바다에 빠졌다고 여긴 적이 한 번도 없었다. 우리는 한배를 탄 가족이었고 나는 그들을 책임져야 할 선장이 아닌가.

내가 대장이었고 돌격대였다. 그래서 혼자 떠나는 여행이 지금까지 내겐 없다. 앞으로도 없을 것이다. 갑갑한 집에 내 가족들을 몰아넣고 혼자만 자유롭게 돌아다닌다는 것이 용납이 안 되기 때문이다. 내가 누리는 것은 그들도 당연히 누려야 한다는 게 내 소신이고 좌우명이다. 그렇지 않은가.

지금의 아내와 나는 너무 '짝짜꿍'이 잘 맞는다. 서로의 슬픔과 부족한 것이 무엇인가를 알기 때문이다. 나는 슬프거나 어려운 일이 닥쳐도 절대로 물러서지 않는다. 그것이 아내 탓이라고 책임을 물리지도 않는다. 함께 일을 하다 보면 무언가가 제대로 준비되어 있지 상황이 발생하는데, 그때 잠시 질책할 뿐, 그 외 모든 것은 내 책임이기 때문이다.

서로에게 증명되는 삶을 우리는 산다. 모든 수익과 손해가 투명하게 드러나는 삶. 동전 한 닢마저도 어디에 쓰는지 뻔히 보이는 삶이니 물질적으로 바랄 '건덕지'가 없다. 바라는 게 없으니 싸울 일이 없고, 지킬 게 없으니 자유롭다. 말하자면 가난이 주는 풍요를 악착같이 즐기는, 하나님이 우리 가족에게 베푸신 삶이다.

우리 부부에게는 '이건 내가 할 테니 저건 당신이 해.' 식의 대화가 없다. 나는 아무나 하면 되는 일이라 여기고, 아내는 내가 손에 물 묻히는 것을 싫어한다(설거지 따위를 하기엔 내 손이 너무 아깝다면서).

내가 집에서 하는 일은 별식 만들기, 어떤 상황에서 선택하기(아내는 결정장애가 있다.), 힘들게 번 돈 지키기, 가끔 아이들의 잘잘못 꾸짖기, 너무 지저분한 곳 닦기, 관공서에서 날아오는 이상한 문서들 설명해주기, 아내의 뽀뽀에 무조건 당하기, 논리로 싸우지 않기(부부싸움 중 많은 경우인데 가장 멍청한 짓이다.), 너무 안 치워진 경우 대충이라도 치우자고 얘기하기(우리는 같이 일하기 때문에 일 끝내고 피곤한 몸으로 무언가를 한다는 게 힘들어 내가 제안했고 아내도 동의했다. 가끔 발에 걸릴 정도로 어지러워 졌을 때 치운다.) 등이다. 그래서 집에서 저녁을 차리는 경우가 거의 없다. 세상 사람들 사는 방식을 흉내낼 것이 아니라 우리만의 방법으로 행복을 추구하는 것. 그게 지금 우리 가족이 사는 방식이다.

때로 내가 아이들 때문에 속이 썩고 괴로울 때, 정화 씨가 한마디 던진다.

"신경 쓰지 마, 쟤네 인생이야. 우리만 좋으면 돼."

지혜의 말이고 진리의 말이 아닐 수 없다.

# 퇴로는 없다

내가 하는 일은 냉장고, 세탁기, 에어컨 등 가정에서 친근하게 사용하는 가전제품을 분해 청소하는 일이다. 그 중 세탁기와 얽힌 이야기를 해보려고 한다.

앞에서 이미 언급했듯 2003년 나는 '뇌지주막하출혈'이란 병을 얻고 내가할 수 있는 모든 일로부터 퇴출당했다. 30대 초반의 앞길이 막막했지만 퇴원하는 날 어머니에게 들러 인사를 드리고 곧장 나왔다.

이혼을 하면서 아들녀석을 어머니에게 맡겨뒀었는데 나까지 민폐가 될 순 없었다. 건강까지 잃은 아들이 천덕꾸러기가 될 게 뻔하였기 때문이다. 그렇게 밖으로 나와 23일 만에 구리농수산물 도매시장에서 일할 수 있게 됐었다.

그러나, 그곳에서 비로소 내 상태가 정상이 아님을 알게 됐다. 퇴원이란 것이 병에서 회복된 상태를 의미하는 게 보통이었지만 후유증에 대한 생각은 미처 하지 못했었다. 5분 전의 일들을 기억하지 못했다. 어떤 경우엔 1분 전의 것도 기억하지 못했다.

빳빳한 담배 겉포장지를 뜯어 목에 걸고 하얀 뒷면에 모든 걸 적기 시작했다. 몇 개월이 지나자 기억력이 다시 살아나기 시작했다. 그곳과 친구 정비소(다치기 전에 오토미션 즉, 자동변속기 기술자였던 적도 있었기에)에서 허드렛일을 하며 지내던 중 어머니와 아들을 내가 책임져야 할 상황이 생겼다. 피하고 싶다고 피할 수 있는 일이 아니었다.

그렇게 상계동에 들어오게 되고 할 일을 알아보니 마땅한 것이 없었다. 일단 사회복지망의 도움을 받기로 하고 동사무소를 통해 알아보던 중 자활사업단에 출근할 수 있었다. 그곳에서 방역 일을 했는데, 하다 보니 이 사업의 암담함을 느낄 수 있었다. TV에서 선전하는 모 업체 등 거대 업체들이 시장을 선점하고 있었기 때문이었다. 더구나 자활업체란 게 하고 싶다고 참여자 누구나 할 수 있는 게 아닌지라 사업단을 나와 홀로서기를 시도했다. 그러나, 매출을 만든다는 것이 너무 어려웠다. 그런던 중 TV

에서 우연히 가전제품 분해 청소 사업의 현장을 보게 됐다.

기계에 대해 전혀 문외한은 아니었기에 이거구나 했고 이 사업에 대해 구체적으로 알아보기 시작했다. 내가 이 일을 직업으로 삼아야겠다고 마음먹게 됐던 건 세탁기 때문이었다. 어느 집에나 있는 것이 이 세탁기 아닌가.

냉장고 청소를 어머니가 직접 하시던 것을 보고 자란 세대에 속하는 나로서는 냉장고 청소는 생각도 못했었고 세탁기는 그 자체로 많은 시장이 형성될 수 있다고 보았다. 아마 건물 수보다 세탁기 수가 더 많을 것이다. 가구별 세대별로 따지면 무궁무진하다. 그리고 그 고약한 냄새(세탁기에서 풍겨지는 그 독한 냄새)는 어릴 때부터 익숙해져 있었다. 어릴 때 어머니가 냄새나는 세탁기에 식초를 부어 냄새를 없애던 기억도 났다.

이걸 분해해야 하는데 어디서 배우지? 인터넷을 이용해 온갖 검색어로 찾기를 얼마간 거듭한 끝에 드디어 분해된 모습을 봤지만 필요한 공구와 장비가 무언지, 사이즈는 어떤 건지 알 수 없었다. 이곳저곳을 뒤지던 중 유튜브를 통해 분해과정을 자세히 볼 수 있었고, 그것을 비로소 내 기술로 훔칠 수 있었다.

또 다시 다가온 문제는 분해 및 해체하는 데 필요한 공구와 장비였다. 이 사업은 신생 사업이었기에 필요한 장비를 전문적으로 유통하는 곳이 전무했다. 다행스럽게도 화면에 보이는 장비와 공구들은 거의 다 내가 알 수 있는 것들이었다. 그러나 사이즈. 이걸 알 수 없으니 직접 사용을 해보는 수밖에 없었다. 집에 있는 세탁기가 교보재 역할을 해야 했다.

일단 드라이버와 작은 갈고리(오링풀러라 불리는 작은 갈고리 종류가 내겐 있었다.)로 풀 수 있는 데까지 풀었다. 맨 밑에 떡하니 버티고 있는 너트가 빨래판에 동력을 전달하는 중심축을 꽉 붙잡고 있는 것이다.

이 놈을 어찌 해야 하나. 나중에 세탁기 분해 전문가들에게 정식으로 배울 때는 이것을 풀 수 있는 기구가 있다는 걸 알게 되었는데, 그땐 임시방편으로 '임팩'이 떠올랐다.

전동임팩을 샀다. 당시 34만원이었는데, 내 한 달 수입이 70만원 정도였다. 이중 생활비로 쓸 수 있는 돈은 30만원 남짓. 한 달 생활비를 전동임팩 하나 사는 데 쓰면 굶어야 되는 상황 아닌가. 그런데 그뿐이 아니었다. 그러고도 그 너트에 맞는 복스를 사야 했다. 지금 내 옆에 있는 아내 정화 씨가 당시엔 그저 아는 사이였지만 그녀에게 돈을 빌려 복스와 내 경험상 필요하다고 생각되는 공구를 샀다.

그리고 마침내 분해 시도. 나는 지금도 임팩으로 이 너트를 푼다. 너트 크기를 몰랐기에 탁본을 뜨듯 종이를 눌러 끼우고 두들겨서 본을 만들어 알맞은 복스를 구했었다. 집에 있는 세탁기를 분해 조립하고는 잘 돌아가는 세탁기를 보며 친인척들에게 세탁기가 분해하고 나면 얼마나 지저분한지 설명하기 바빴다. 그렇게 한 집 한 집 각 가전회사의 세탁기 모델들을 정복해 나갔다.

돈을 벌어야 하는 마음은 급했지만 서둘지 않았다. 자동차 오토미션 기술자로 오래 일했던 경험이 서둘지 않을 수 있는 힘이 되었고, 도구와 장비의 사용법도 따로 익히지 않아도 됐다.

그러나, 출시되어 사용되고 있는 모델을 모두 경험하지 못했기 때문에 더 시간이 필요하기도 했다. 급하지만 섣불리 일을 개시할 수 없는 노릇이었다. 노원구에 있는 자활 후견기관을 찾아가 이 사업의 발전 가능성과 필요성을 설득하기 시작했다. 이 후견기관들을 통해 좀 더 전문적인 기술을 배울 기회를 가지는 것이 목적이었다. 마침내 새로운 사업단 중 한 곳에서 이 사업을 택했다는 연락을 받았다. 이곳엔 지금의 아내를 먼저 보냈다. 자활센터를 그만둔 상태라 취직이 급했다.

나 역시 이 당시의 생활은 잘 곳만 있는 노숙자와 다름없었다. 구청에서 최소한의 돈이 지원되고 있을 뿐이었다. 월세와 통신비와 공과금을 내고 나면 하루 생활비는 몇 천원 꼴이었다. 편지

봉투 30개를 준비했다. 남은 돈을 30등분해서 넣었다. 하루를 살 수 있는 돈이었다. 살기 어려운 액수였지만 살려고 하니 살아졌다. 견디기만 하면 남(친인척과 지인들)에게 비굴해지지 않을 수 있기에 해내야 했고.

어렵지만 이 상황에선 바라는 것과 가능성의 차이를, 할 수 있는 것과 없는 것 등 정확한 상황파악이 필요했다. 그리고 무엇보다 마음의 여유를 가져야만 했다. 조급해서 서두르는 순간 다시 제로가 되는 것이었다.

이 사업은 어쩌면 기계문명의 혜택인지 모른다. 이 일을 굳이 구분하자면 청소 서비스업이 되겠지만 청소업 중에서는 기술을 요하는 난해한 일이라 할 수 있다. 모든 가전회사는 분해 청소하는 일을 극구 말리거나 금지시키고 있다. 그러나 곰팡이와 세균, 바이러스, 먼지 등은 이미 개발된 자동세척 기능으로도 해소될 수 없는 것들이다. 세척제 등의 개발로 직업으로서의 위치가 위협 받을 것으로 생각하는 분들이 있지만 '세탁기 통세척전용' 세제들도 닦이는 부분이 있고 아닌 곳이 있듯이, 에어컨이 복잡해진 결과 세척해야 하는 기종이 더 는 것처럼 이 직업은 사라지는 직업 중(미래에 사라지는 직종이 많다고 하지 않는가.) 상대적으로 오래 존속될 직업이라는 게 내 생각이다.

단, 계속 공부하고 연구해야겠지만 서비스 비용 또한 계속 오르게 될 것이다. 소비자가 요구하는 기술이라는 것은 꼭 소용될 수밖에 없는 필수적인 것으로 보이기 때문이다. 거대 자본 회사들이 이들을 수용하고 싶겠지만 쉽지 않을 것이다. 이 사업을 하고 있는 분 중에는 이미 억대 수입을 올리는 분도 적지 않다.

나는 물론 천천히 가겠지만 말이다. 나이가 꽤 들어서도 할 수 있는 일이기에 정년도 없다. 또 내 기술적 능력으로 주위를 돌보며 대폿값 벌며 지낼 수도 있는 일이다. 일을 소명으로 받아들이는 일. 돈의 두께에서 벗어날 수 있는 일이라 실실 웃으며 할 수 있는 일이다. 만족할 만한 두께의 돈을 바라는 일에겐 실망스런 일이겠지만 말이다.

공구와 기계를 통해 인간의 감성이 통하니 마치 상상 속의 세계 같지 않은가? 어차피 아무것도 없이 시작한 일이다. 단지, 과거의 일이 과거에 머물지 않고 현재와 미래를 인도하는 데에 쓰여졌을 뿐이다. 그러고 보면 세상에 버릴 게 없다는 말이 허언이 아닌가 보다. 없는 사람이라는 말이 있다. 돈이 없는 사람은 단순히 돈이 없는 것이 아닌 퇴로가 막힌 상태다. 현실의 고통으로 자살을 하는 이들을 나는 이해한다. 원하지 않는 배수의 진. 사면초가의 그들은 여유를 찾는 방법을 모르거나 자신을 방어할 수

단을 갖지 못했기에 분명하지는 않지만 열려 있는 바늘귀 같은 퇴로를 볼 수 없었던 것이다.

삶은 때론 우회할 것을 요구한다. 단, 어디까지 갈 것인가가 아닌 현재에서 갈 수 있는 곳만 보면 된다. 스스로 그걸 선택해야 한다. 그렇지 않은가. 우린 가끔 너무 멀리를 생각하다가 지쳐 쓰러질 때가 있다. 군대 행군에서처럼 늘 들리는 말의 의미를 미처 파악하지 못할 때가 있는 것이다. '다 왔다~ 다 왔다~ 기운내라.' 선임들과 인솔자는 수없이 이 말을 외친다. 그렇지 않은가. 앞에 보이는 그 앞까지 우리는 늘 전진한다. 그렇게 목적지에 가는 것이다. 우보천리.

이 계통에 오래 있는 사람 중에 내가 크는 모습은 매우 느린 편에 속한다. 그러나 나보다 앞서 갔던 수많은 회사 중 많은 수가 이미 사라졌다. 나는 높아지지 않았는데 살아 있는 바람에 저절로 높아졌던 것이다. 나의 세탁기 출발은 이렇게 시작됐다. 출구도, 퇴로도 없이.

# 틈

울다 말은 하늘은 연신 우르릉 으르릉대며

아래를 위협한다

목이 메어 울지 못한 양

지랄 맞게 꺽꺽대니 나는 앞도 못 보고

하늘만 쳐다본다

두텁게 가래가 끓는 듯 구름만 모여 있다

위에서 무엇이 궁금하신지

구름 한쪽 슬쩍 구멍을 내어 아래를 보고

나는 비로소 파란 하늘을 본다


틈으로 우린 눈 맞았다


— 조수형 미발표시 「틈」 전문

# 아직이라는 말

세탁기를 분해 및 청소하다가 서사처럼 쌓인 사연이 제법 많은데, 일하다 가슴이 뭉클해져 그날의 일을 시로 남겼던 적이 있다.

아직…

살 만해져 선물로 받은

서방이 남기고 떠난 드럼세탁기

오지게 불편해도 11년을 사용했지

사라졌던 노란 18금 실 목걸이

물속 어딘가를 떠돌다

아직은 다 빨지 못한 그이를

빨래찌꺼기 속에서 데려온다


버는 놈 따로 쓰는 놈 따로인 게지


—조수형 시집 『웅덩이에 담긴 사랑』 중 「아직…」 전문


청소를 위해 세탁기 윗면과 정면을 탈거하고 하단부에 있는 찌꺼기 거름망을 빼자 온갖 찌꺼기들 속에 뭔가 반짝이며 금속으로 여겨지는 것이 보였다. 일단 물로 헹궈보았다. 앗! 금목걸이 조각이었다. 더 있나 하고 살펴봤지만 그게 전부였다.

고객님을 불러 자초지종을 얘기하고 목걸이 조각을 드렸다. 그랬더니 고객은 다른 조각은 없었냐고 되묻는다.

"여기에 달린 메달은 못 봤수?"

'어머. 이거 잘못하면 사람 꼴 우스워지겠는데?'

잠시 섬뜩했다.

그러나, 그런 우려는 일어나지 않았고, 대신에 고객님의 애틋한 옛 이야기를 듣게 되었다.

고객님의 이야기는 11년 전으로 거슬러 올라간다. 있는 고생 없는 고생 하시다가 이 집을 생애 처음으로 구입했다 하신다. 그때 남편 분이 당시엔 고가였던 드럼세탁기를 사줬는데, 집 산 지채 1년도 안 돼 돌아가셨다 한다. 실 목걸이는 평생에 한 번 어느 생신날 선물 받았던 것이고.

그 말씀을 듣고 보니 집 구석구석에 사연이 배여 있지 않은 곳이 없는 것처럼 보였다. 세탁기를 사준 남편 분이 돌아가셨다는 말씀에 내 표정이 굳으니 한 말씀 하셨다.

"쓰는 놈 따로 있고 버는 사람 따로 있는 겨. 세상이 다 그려. 내가 괜한 얘기 했구먼."

나 역시 많이 보았다. 자녀들 결혼시켜놓고 떠나시는 분, 집을 사자 떠나시는 분. 무엇이 그분들을 서둘러 떠나게 했을까? 그곳을 마련하기 위해 힘겨운 일도, 아픈 몸도 아랑곳하지 않고 무던히도 애쓰며 지나오셨을 텐데. 목표가 이루어져 마음이 풀리셔서 그랬던 것일까? 이제 한시름 놓았다 여기시고 편안히 가신 걸까? 여기에 이르기까지 아팠던 것을 숨기고 계셨던 것일까?

부부가 일심동체로 고생해서 마련하고 꾸민 집에서 고객님은 또 얼만큼 아쉬움과 슬픔이 컸을까. 부부가 사이가 좋으면 칼날 위에서도 잠을 잔다던가. 아마도 두 분은 사이가 좋으셨던 것 같다. 아저씨는 조적공, 그러니까 벽돌을 쌓는 일을 하셨고, 아주머닌 '메지'라고 벽돌 사이를 메꾸는 일을 하셨다 한다. 공사장을 두 분이 함께 다니신 거다. 서로가 서로의 고생을 지켜보며 지내셨을 테니 그 정이 오죽했을까?

서로가 손해 보며 기쁨이 될 수 있는 사이가 부부 말고 또 있을 수 있을까? 어쩌면 부부는 서로의 권리가 평등한 것 이전에 서로의 수고를 알아주고 인정해주는 데서 그 금슬이 깊어지는 것일지도 모른다. 재산을 모으며 헤어져도 반은 내 것이다 하는 생각으로 서로 얼굴을 마주보고 있다면 그 삭막함 속에 무슨 정이 머물 수 있을까. 안아주고, 등을 쓰다듬어주고, 궁둥이 툭툭 쳐주며 '고생했다.'는 말 한마디 건네는 것이 더 중요한 일일지도 모른다.

곱씹을수록 아주머님의 얘긴 애틋했다. 이 현장 저 현장 돌아다니며 있는 고생 없는 고생 다 하셨을 테고, 아이들 키우느라 마음껏 무엇 하나 제대로 못해보시고, 그렇게 모은 돈으로 마련하셨을 이 집이 얼마나 자랑스럽고 감격스러웠을까. 그런데 누려보지도 못하고 훌쩍 가버린 남편이라니. 야속도 참으로 야속

하셨을 고객님의 마음이 내게로 바투 전달되었다.

아주머님의 이야기를 다 듣고는 작업 마무리를 하러 갔다. 분해한 것들을 고압세척기로 세척하고, 물기를 제거하고 아웃통을 조립하고 지지대를 철거했다. 매뉴얼까지 조립을 하고 테스트를 하려고 할 때다.

"저기 오늘은 늦어서 안 될 테고, 여기 지하에 우리 아들이 살어. 걔네 것도 해줄 수 있는 날이 언제쯤일까?"

앗, 재주문이다. 야호~ 그렇게 그 집에 일주일 뒤에 다시 들러 아드님 집에 통돌이 세탁기를 청소하고 돌아왔다. 그리고 다시 1년이 지나 고객님과 통화를 하고 시집을 드리면서 그때 아주머님으로부터 들은 이야기가 있는 페이지를 보여드렸다.

"한번 읽어 주시겠수?"

그래서 부끄럽지만 낭송도 해드렸다. 살짝 부끄러워하시며 웃으시던 고객님 눈에 물기가 있었다. 나만 느꼈던 것인지는 몰라도 그분은 매우 흡족해하셨다. 그날 밤은 먼저 간 서방님 꿈을 꾸셨는지도 모르겠다. 만나셨다면 무슨 말씀을 나누셨을까?

삶이 시 같은 분들. 알고 보면 많이 계신다. 우리들의 이웃 중에 꼭 계신다.

# 오래 된 세탁기

이 글을 읽는 분들은 아마 내가 지금 얘기하려는 가전제품 회사를 잘 아실 것이다. 태양계에 속하는 별이며 몇 가지 이름으로 불려지는 행성이다.

내가 알고 있기로는 세탁기의 역사는 탈수 기능만 있던 '짤순이'부터 시작된 것 같은데 자세한 역사를 알고 보니 앞서 말한 별 이름을 딴 회사가 '백조세탁기'라는 이름으로 1969년에 출시한 게 최초였다. 하나의 모터를 이용해서 속도를 조절했던, 지금과 기초 기술이 유사한 세탁기는 별이름의 이 회사가 만든 백조세탁기가 처음이었던 셈이다. 그런데 세탁기 보급은 생각보다 빠르지 않아서 내가 군생활을 하던 1990년대 초반만 해도 짤순이만 있었다.

초창기에 이 회사의 상표는 지금과 달랐다. 앞서 얘기한 것처럼 여러 이름이 있는 별이었는데, 루시퍼라고도 불리는 새벽의 별. 이 별의 이름을 딴 회사는 아마도 새벽에 보는 별이란 의미에 더 초점을 맞췄으리라. 이 이름이 달린 세탁기는 여태껏 두 차례 작업해봤고 또 한 번 기회가 있었을 때는 의뢰를 받고는 거절을 했다.

지금은 추억의 상표가 된, 이 오래된 세탁기를 작업했던 이야기를 해보려고 한다. 한번은 경기도에 속하는 도시에서 의뢰가 들어왔고 별 생각 없이 출장을 갔다가 뜨악한 경험을 했다. 뚜껑을 열고 보니 인너와 아웃터 통이 모두 플라스틱 소재였던 것. 자칫 잘못하면 부서지기 쉽고 깨지기 쉬운, 오래된 세탁기의 전형적인 구조를 보이고 있었다. 그래도 그 세탁기는 조심조심 작업하며 별 문제 없이 청소를 마칠 수 있었다. 땀을 말려가면서 하는 속도로 천천히 했는데도 끝났을 때는 땀이 흥건했던 기억이 있다.

그리고 또 하나의 별이름을 달고 나타난 세탁기! 세탁기를 보자 마자 아내는 나를 보며 빙긋이 웃었다. 포기하자는 뜻이었으리라. 이 세탁기 역시 오래된 연식을 자랑하면서 플라스틱 재질로 제조된 것이었다. 그런데, 그 순간 나도 모르게 도전 정신이 발동하는 것이었다.

"고객님 이 세탁기는 많이 오래 됐네요."

"응 그런데…, 서야 버리지."

"그렇죠. 그런데 플라스틱은 오래되면 삭아서 부서지는 성질이 있습니다. 제가 이걸 조이다 부서지는 게 아니라 풀다가도 부서집니다."

그때 이 고객님의 답변이 끝장이었다.

"아니, 뭐, 기계도 곧 뒤질 사람처럼 봄을 타는 겨? 계절 타냐고."

"하하. 네. 그럴 수 있습니다."

"알았어. 알았응게. 해봐. 나도 바꾸고 싶은데 돌아가니까 해보는 겨. 되면 깨끗하고 좋고, 망가지면 하나 사지 뭐. 재활용 가서 사면 되잖아? 얼마나 하지?"

"에구 알겠습니다. 만약 부서지게 되면 중고든 새거든 사셔야죠."

"에이~ 이 사람이. 나이 들면 길가다 만나는 개도 반가운 겨. 나랑 저게 몇 년이나 같이한 거 같은가?"

할 말을 찾지 못했다. 모르긴 몰라도 자녀들 나이와 세탁기의 나이가 비슷해 보이는 연배였다. 어깃장을 부려도 좋을 만큼(큰 소리로 상황을 벗어나는 보통의 어른들.)의 연세로 보였다.

"네. 알겠습니다. 그럼 연애하듯 다뤄가며 일할게요."

말은 그렇게 했지만 애인이 아니라 애기 다루듯이 해야 할 터였다.

그때 아내가 눈치를 주었던가.

'이런 물건을 어쩌려고~!'

눈빛만 봐도 안다. 경험도 했다. 그런데⋯.

'이 친구야⋯, 저분이 넉넉하면 이런 상황까지 오겠는가. 미룰 수 있을 때까지 미뤄보시는 거 아닌가. 이미 스스로도 아시지 않는가. 손대면 돌이킬 수 없을지도 모른다고. 의사에게 마지막 사인하듯 내게 확인 받으신 겨. 염하듯이 해보세.'

물론 속으로만 한 말이다. 아내 눈에서는 이미 레이저가 나오고 있었지만⋯. 그러나 결국 이 세탁기는 세상을 떠났다. 그 안타까움이라니⋯.

고객님이 그러신다.

"삭았으면 어쩔 수 없는 겨. 너무 마음 쓰지 마시게. 얘도 오래 고생했지. 나 만나서 말여. 자네도 오늘 고생했어. 어쩌겠는가. 그런 거지."

그리고 돈 얼마를 내미신다. 그런데 나는 그 돈을 받을 수 없었고 받지 않았다. 무생물의 기계에도 애정을 기울인 분이고 거기다 내 책임도 묻지 않는 분이 내미는 돈을 넙죽 받을 수 없었다. 현장을 정리하고 나올 때 이분이 그러신다.

"자네는 돈 벌긴 글렀네. 근데 하늘에서 주는 돈은 있을 거 같애. 그것만 챙겨."

허리를 굽혀 인사를 하고 나왔다.

우리는 얼마만큼의 여유를 가지고 살고 있는지. 우리는 어디에, 무엇에 마음과 애정을 쏟고 있는지. 우리가 가진 게 없어도 이 고객님처럼 사물과 교감하는 여유를 찾을 수 있을까? 우리는 아니 적어도 나는 없다고 없다고 하는 가난의 절규를 들으면서, 하지만 그 가난이 주는 내려놓음의 여유를 배우면서 자라온 사람이다. 어떻게 그토록 어려운 가운데 곧 죽어도 이상할 것 없는 살림들 속에서 자녀들을 키우신 건지.

그걸 보고 자란 세대이니 자연히 웃을 수 있는 일이 많을 수밖에. 나를 가르치는 사람은 많이 배운 자가 아니라 그렇게 삶과 아웅다웅하고 그 속에서 웃음짓던 추억을 만들어준 지극히 평범하고 가난하고 못 배운 분들이었다.

우리는 학식이 있는 분들의 말에는 귀를 활짝 열면서도 온몸으로 삶을 보여주시는 내 부모와 어른들에게는 매우 건방진 태도로, 마이동풍의 모습으로 그 배움의 찰나를 외면한다. 그러나 해가 가고 나이가 들면 들수록 그분들의 지혜와 혜안을 더듬어 복기하며 위기와 어려움을 대하는 태도를 바로잡곤 한다. 지금은 물어볼 수도 대답할 수도 없는 이미 고인이 되신 부모님. 그분들의 자리가 그립다. 돈이 수단이 되지 못하고 목적이 돼버린 세상에선 더욱 그렇다.

부모가 자식에게 치료비는 걱정하지 말고 맞지 말고 때리고 오라는 말을 자녀에게 스스럼없이 하는 어이없는 세상에서 우리 부모 세대가 가르치던 '맞은 놈은 다리 펴고 자고, 때린 놈은 웅크리고 잔다.'고 하시던 말씀은 이제 역사책에나 나올 법한 얘기가 됐고, 그 사이 때린 놈이 웅크리지 않고 편히 자는 탈인간화과정은 심화됐다. 양심은 고사하고 본능만 활개를 치는 세상이 아닌가.

착하다는 말이 무능력과 동의어 수준으로 전락한 시대. 세상을 이렇게 만들어놓고 우리는 아래 세대들에게 어떻게 기억되는 선대가 되려는지. 무섭고 미안하다. 아이들아, 미안하구나.

3부

———

주인
없는 곳의
손님

# 피로사회

낭만을 거세하고 말하면, 모든 가전제품은 말 그대로 전기장치가 가득한 기계이다. 설계된 디자인에 의해 아주 잘 짜인 회로대로 운영될 뿐이다. 거기에 쓰이는 부속부품들의 가짓수도 굉장히 많고 이런 것들의 불량이나 고장으로 기계는 작동이 멈추거나 오작동을 일으키게 된다.

청소를 하다 보면 기계의 고장으로 곤란한 경우에 빠지는 수가 있다. 대개는 청소 작업에 문제가 있어서라기보다는 고객님의 오해나 잘못된 편견에서 벌어지는 일이긴 하지만 일이 묘하게 엉뚱한 방향으로 흘러갈 때가 있다. 참고로 세척을 해서 기계적 혹은 전기적 증상이 나아지는 경우는 극히 적다.

의뢰인의 목소리는 매우 친절하게 들렸다. 청소 주문이 들어왔다. 청소 당일 분해를 마치고, 바깥 쪽 수조를 청소하고 잠시 쉬는데 고객님이 물으시는 것이다.

"배수가 잘 되던가요?"

뭐지? 이 싸한 느낌은?

"내가 묻는 게 아니라 고객이 나한테! 그것도 기계적인 배수 문제를."

"네, 잘 되던데요."

그러나 일은 그 후에 일어났다. 재조립 후 배수가 되지 않았고, 그것을 손보려고 움직이다 스파크가 일어났다. 원인이 어디에 있든 이것은 그대로 내 책임이 돼버렸다.

"고객님 죄송합니다. 아까 걱정하신 배수에 문제가 발생해서 제가 살펴보는데 스파크가 일어났어요. A/S를 부르셔야 할 거 같습니다."

그렇게 말하는 내 속은 타들어갔다. 뭐 이런 경우가 있지? 아무리 생각해도 고장을 숨기고(청소로 괜찮아질 거라 여기고) 일을 맡기신 듯했다. 하지만 그것은 내 추측일 뿐 증명할 기회는 조금 전에 사라졌다. 스파크로 쇼크가 있었던 건 분명하니까. 가전사 A/S에 전화를 걸어 상황 설명과 수리를 예약하고 짐을 챙겨 철수하려고 하는데 고객님이 한 말씀 하신다.

나쁘게 받아들이면 뻔뻔하다고 느낄 정도로 "출장 와서 버는 게 아니라 도리어 수리비가 나가서 어쩌냐."는 것이었다. 좋게 생각하면 위로의 말이었을 것이고, 미안해요 정도로 치환될 수 있는 말이었지만 사실 위로가 될 기분은 아니었다. 차에 앉아 생각하니 나 역시 누군가를 언짢게 할 때가 있지 않았겠나 했다. 어느 순간 부지불식간에 말이다. 최대한 마음을 다스리고 핸들을 잡았다.

이날 이후로 나는 고객에 대한 생각을 수정할 수밖에 없었다. 전자제품이 정상적인 컨디션인지 작동 실험을 다해야 했고 그러고 나서야 작업에 들어갔다. 그러나 사고를 다 방지할 수는 없었다. 어떤 경우엔 시간이 지나야 고장이 드러나는 부분이 있었기에 고스란히 덤터기를 쓰는 경우도 가끔 일어났다. 그러나, 아직까지는 어떤 백화점 직원처럼 무릎을 꿇어야 하는 경우는 없었다. 다행이라 해야 할지.

의사한테 자신의 상태를 남김없이 얘기하듯 (이렇게 하는 것도 상담의 능력이겠지만) 가전제품 기기들도 그런 설명이 필요할 때가 있다.

이후로 가끔 나는 그런 일이 있을 때마다 '부자에게도 동냥 줄 때가 있다.'라는 생각을 하게 되었다. 동냥은 가난한 이의 전유

물이 아닌 것이다. 이런 걸 느끼는 이가 비단 나뿐만은 아닐 것이다. 그래서 그렇게 약빠른 자들이 잘사는지는 모르지만, 요는, 내가 아는 것이 아닌 분야에 대한 존중과 인정이 사라진 사회, 지극한 개인적인 이익만 추구되는 사회가 이런 작은 일에서도 드러난다는 것이다. 가슴 쓰린 현실이다.

함께 사는 일, 어렵기도 하고 편하기도 하다. 혼자 사는 일, 편하기도 하고 어렵기도 하다. 어느 쪽을 택하든 사는 데 별 지장은 없을 것이다. 그러나 사는 게 매번 평화롭고 순탄한 게 아니라면 고민을 많이 해야 할 문제일 것이다.

한병철 교수는 한국 사회의 속성을 간파한 책 『피로사회』에서 잉여인간에 대해 말한다. 우리는 일정 수 이상을 잉여인간으로 만들어 내는지 모르겠다. 하지만 사람이 사는 세상에 잉여인간이라는 게 과연 있겠는가. 아울러 내가 꼭 하고 싶은 말은 육체노동에 종사하는 이들이 잉여인간이라서 그 일을 하고 있는 것은 아니라는 사실이다. 나도 시인이지만 많은 예술가들이 사회 여러 분야에서 육체노동의 일로 호구책을 세우고 있다. 또 어떤 노동자는 일반적인 봉급생활자보다 훨씬 많은 수입을 올리는 사람도 있다. 그들이 소비자(고객)일 경우도 많은 것이다.

육체노동이 홀대 받지 않는 사회가 건강한 사회일 테고 같은 노동으로 같은 일을 할 때 같은 노임을 받는 것이 투명한 사회일 것이다. 같은 일을 하는데 어디 표를 붙이고 일하느냐에 따라 급여가 다르다면 문제가 있는 게 당연한 것 아닌가. 중요한 것은 자기 자신의 현실과 한계를 속이지 않는 품위의 문제일 것이다.


## 방앗간 아들

나 죄스러움에 고개 꺾이던 날
방아에선 여전히 고춧가루가 무심하게 쏟아지고 있었지
장갑을 넘어 손을 붉게 물들인 고춧가루는 이미 내 죄를 알고 있는 까닭이리라
오직 붉게 물든 손의 주인만 바삐 움직이며 아침에 눈을 뜨듯 당연한 몸짓만 할 뿐이었어

매일 되풀이되는 일상이

건네지는 고춧가루에, 기름 한 병에 눈물이 비벼져 한 지체는 사라져가며 한 육신은 키워지는 기적이 생기던 것을 모르던

때지

여전히 낡은 방아는 자동으로 덜덜덜 털털

내 주홍글씨를 쏟아내고 있지


더 이상의 시간을 가늠하지 않은 채 날 향한 미소를 잃지 않

을 뿐이지


—조수형 미발표시 「방앗간 아들」 전문

# 부자 동냥주기

스트레스를 유발하는 고객들 이야기를 주로 한 것 같아서 좀 그렇지만 사실은 감사한 고객들이 훨씬 많다. 내가 이 일에 보람도 느끼고 긍지도 느끼는 이유도 여기에 있다. 그러나, 가끔 나를 깜짝깜짝 놀라게 하는 '지나치게 개성적인' 고객님들이 계셔서 당혹스러움을 감출 수 없는 경우도 있다.

어느 가을날이었다. 전화가 왔는데, 대화는 드럼세탁기 분해 청소에 관한 문의로 시작됐다. 그리고, 이틀 뒤 전화가 다시 왔다. 주문을 하시면서 고장도 수리하냐고 물으시는 것이다.

"아뇨. 저희는 청소만 합니다. 근데, 왜요? 어디 고장 났습니까?"

"아니에요, 내일 오세요."

이렇게 해서 그 고객님 집을 방문했다. 고객님은 생글생글 웃으시며 우릴 맞아주셨다. 이때까지는 뒤에 있을 일을 상상하지도 못했다. 작업에 들어갔다. '뭐, 이까짓 것 세 시간쯤 뒤면 깨끗하게 끝나지 뭐.' 하는 단순한 마음으로 먼저 뚜껑을 열었다. 그런데 유관으로 관찰되는 내장 건조기가 이상하다. 누가 손댄 흔적이 있는 것이다.

매뉴얼을 떼고 전면부를 탈거하고 바깥 수조 커버를 분리하기 위해 아래쪽 볼트를 풀려고 자세를 낮추었다. 내 작은 눈이 열 배쯤 커지며 정면이 보이는데, 쇼바(쇼크 옵서버라고 드럼세탁기 충격을 잡아주는 역할을 한다.)가 세 개나 빠져 있었다.

운전을 오래 해보신 분들은 알 것이다. 차에는 쇼바가 네 개 있다. 그 쇼바가 모두 터진 채로 운전을 한다면 어떻게 되겠는가? 소리와 충격 때문에 그 차를 탈 수 없을 것이다. 그럼 드럼세탁기는? 소리가 실내 전체를 흔들 듯 쿵쾅거리며 나게 된다. 세탁기가 살아 움직이는 모습을 볼 수 있을 것이다. 그래서 그동안에는 괜찮았냐고 이상이 없었냐고 묻고 묻고 또 묻고 여러 번을 물었던 것이다. 그런데 이상이 없었단다.

이 세탁기는 쇼바가 네 개 달린 세탁기였다. 그중 세 개가 빠진 상태라는 얘긴 앞에서 했다. 나는 여기서 그만뒀어야 했다. 사는 게 뭐라고 비수기에 들어온 일이라 차마 그만두지 못했고, 옆에서 같이 불안해하는 아내를 한번 쳐다보고는 작업을 이어갔다. 겉과 속이 분리된 쇼바를 재조립하고 기본 매뉴얼의 순서로 분해 세척 그리고 조립을 끝냈다. 세 시간을 예상했던 일인데 네 시간이 넘어가 있었다.

그러나, 마지막으로 작동 실험을 하는데 세탁기 안으로 물이 안 들어온다. 헐. 뭐지? 이건 뭐지? 솔레노이드 밸브가 이상인가? 버큠(수로에 진공을 만들어 주는 장치.)은 손도 안 대는 곳이고 이게 뭐지? 대체 이 사람들이 뭘 어떻게 만진 거지? 아무것도 안 만졌고, 고객님이 정상적으로 작동하던 거라던 이 세탁기는 이미 그 말을 신뢰할 수 없을 정도로 손댄 흔적을 드러내고 있었다. 세탁기를 다시 풀고 재조립을 하면서 몸은 지쳐갔고 화가 나기 시작했다. 그런데 그 와중에 이 고객은 언사마저 비아냥조로 바뀌어 있었다.

나는 그런 것에 신경쓸 겨를이 없었고 또 신경쓰지 않으려 했다. 그런데 누가 손을 대지 않고서는 벌어질 수 없는 일이 벌어진 세탁기에 손을 댄 나를 원망하면서도 비위를 상하게 하는 고객의 말에 결국 큰 소리가 나가게 됐다.

"손을 댔으면 댄 거를 얘기를 해줘야지 이게 지금 몇 시간입니까? 제가 늦고 싶어서 늦어요? 지금 좀 있으면 열두 시예요! 열두 시!"

"손댄 적 없다니까요~!"

여기에 남편도 등장. 하나님을 팔고 어쩌고 얘기를 하며 나를 혼내겠다나. 여자는 남편을 보자 코맹맹이 소리로 목소리가 바뀐다. 더 이상 작업하기가 싫어졌다.

"내일 A/S를 부르시고요 저희에게도 연락주세요. 지금 시간에 작업이 안 되겠습니다. 어디 문제인지 저도 봐야겠네요."

그렇게 그 집을 나왔고 시간은 이미 자정이 넘어 있었다. 다음 날 오후 연락이 왔고 아내를 보냈다. 보내기 전에 아내에게 말했다.

"비용 나온 거 주고 와."

"왜? 거기 이상하잖아."

"거 참. 주라면 줘…. 진상일수록 곱게 보내야지. 자네 우리가 부자 동냥 한두 번 줘보냐? 시키는 대로 혀."

그렇게 아내는 거기에 가서 돈을 주고 왔고 원인은 버큠 호스가 꼬여 있었다고 한다. 내가 못 본 것일 수도 있지만 내 기억으론 그렇지 않았다. A/S 기사의 입장에서(아내가 갔을 때는 이미 작업이 끝난 상태였다고 한다.) 고객의 입맛에 맞는 답변을 골라냈으리라 짐작한다. 버큠 호스가 빠지는 경우도 아니고 꼬였다? 아내가 돈을 주니 왜 이걸 주냐고 고객이 놀라더란다.

"뭐라고 하고 왔어?"

"뭐라기 하긴, 우리가 낸다고 했지."

"기사는 뭐래?"

"말을 못하지. 고객보고 뭐라겠어? 우리한테 뭐라겠어?"

"수고했네."

드럼세탁기는 원래 분해청소를 권장하지 않는다. 그럼에도 청소를 할 때에는 풀 곳과 놔둘 곳들이 있다. 입구의 고무패킹은 곰팡이가 핀 곳이 많은데 지워지는 곳도 있고, 패킹에 물들어 흔적이 남는 곳이 많다. 이건 중요한 팁인데 세탁 후 반드시 마른 걸레로 패킹 전체를 닦아줘야 한다. 세탁제 넣는 곳과 앞문을 반드시 열어둬야 하고 세탁기 아래의 거름망도 열어서 물을 빼놔야 한다.

그리고, 무엇보다도 세탁기 청소를 의뢰할 때는 기계의 상태를 솔직히 얘기해주는 것이 좋다. 정확히 알아야 설사 고장이라도 판단이 빠르다. 병원이나 정비소에서 고객에게 여러 가지를 문진하는 것은 그 속에 답이 있는 경우가 많기 때문이다. 아울러 여러 오해의 중첩을 피할 수도 있지 않겠는가. 그리고 무엇보다 한 사람의 열정과 양심을 다치게 하는 수가 있으니까.

알고 보니 그 고객은 지인에게 세탁기를 얻어온 모양인데 옮기는 중에 이리 굴리고 저리 굴리고 한 모양이다. 그렇게 머릿속에서 정리가 되고 나니 모든 시나리오가 들어맞는다. 쇼바 다리가 빠진 것. 버큠 호스가 꼬인 것. 다 가능성 있는 얘기가 되더란 말이다.

### 서울역 계단 아래에서

네모난 방 안에서 동그런 세상을
새처럼 굽어본다
월요일인지 화요일인지 혹은
토요일인지 모를
바깥을 그려본다

날지 않으리라
날려고 하지 않으리라

두 다리에 힘을 주고

나, 걸어가리라

나 걸어본 적이 너무 오래라

좀 비틀거릴지라도

그저 당당히


서울역 계단 아래는매일 일어서는 사람


　　　　　　　　— 조수형 미발표시 「서울역 계단 아래에서」 전문

## 신의 단어, 여유

내가 사는 곳은 서울시 노원구다. 중산층과 빈민층이 섞여 있다. 이곳이 개발된 시초가 서울의 가난한 이들을 모아서 수용하는 모양새를 취했기에 더 그렇다. 이름도 쩌렁한 백사마을이 있는 동북쪽 동네이고 1990년대에는 중계동 학원가로 명성을 얻기도 한 곳이다. 가전제품 청소업을 생업으로 삼아야겠다고 작심한 나는 이곳에서 약 3년 간 무료봉사를 통해 기본적인 작업능력을 숙달시키고서 강호로 나왔다.

동쪽 끝이다 보니 어딜 움직이려 해도 적지 않은 시간이 들었다. 그나마 오전 일찍 시작하면 모르지만 대개는 출근시간에 시달리고 퇴근 시간에 발이 묶이는 수고를 피하기 어려웠다. 당시

대부분의 일감은 강남 쪽에서 나왔다. 가전제품도 전문적인 청소가 필요하다는 인식이 아직 보편화되지 않은 시절이었다.

어느 날 그쪽에서 주문이 들어왔다. 대상은 일반 통돌이 세탁기였다. 가서 제품을 보니 한때 '탱크' 어쩌고 광고하던 회사 제품이다. 나와 같은 일을 하는 많은 업자들이 내심 기피하는 회사의 제품이다. 상부를 다 분리하고 센터 너트도 분리하고 '뿌리누끼'(기어풀러가 표준말) 통을 빼기 위해 살살 달래가며 위로 올릴 때였다.

'아, 안 나온다!'

이 회사 제품들은 센터 축과 인너 통의 여유 간극이 너무 조밀해서 대개 이런 고생을 한다는 걸 경험으로 알고 있었지만, 이걸 현실에서 만날 때마다 당혹감을 피할 수는 없다. 그런데 이날은 특별히 미동조차 하지 않는 게 아닌가. 잠시 고민했다.

'포기할까?'

그때나 지금이나 내가 포기하는 경우는 거의 없다. 어떨 때는 이 인너 통 빼는 데만 30~40분을 할애해야 겨우 통을 뺄 수 있을 때도 있다. 인내력 싸움인 셈이다.

고민을 하던 나는 그래도 조였다 풀었다 하다 보면 되겠지 하며 1보 후퇴 2보 전진 식으로 나사선을 따라 통을 올리기 시작했다. 그러던 중 불길하게끔 '뚝' 소리가 났다. 뭐지? 했지만 육안으로 확인되는 게 없어서 그냥 계속 진행했다. 그런데, 좀 더 확실하게 이번에는 '두두둑' 하고 소리가 났다. 잘 안 보여서 뿌리누끼를 철거하고 뿌리누끼를 걸었던 뒤판을 살폈다. 맙소사, 거는 곳 세 군데 중 한 군데가 부러져 있었다.

맥이 풀렸다. 이제 이 수조통은 못 쓰게 된 것이다. 같은 업계에 종사하시는 다른 분들도 이 회사 제품을 다루다가 종종 일으키는 사고였다. 다행히 생산이 많이 된 10킬로그램 통돌이다.

힘은 빠졌어도 일은 처리하고 마무리해야 하는 것. 거래하는 중고재활용 업체에 전화를 해서 같은 용량의 다른 회사 거라도 있는지를 물었다. 사정을 이야기하고 지금 배달해줄 수 있는지 유무를 물었다. 다행히 해주신다 한다.

그런 다음, 고객님에게 상황을 말했다. 놀라셨지만 이해를 해주셨고 배달온 세탁기를 새로 설치하고 작업했다. 이날은 수입보다 지출이 마이너스 세 배였다.

중고업체에서 받은 세탁기도 설치 전 청소를 했으니 작업비는 받았지만 중고라 해도 가격이 나에겐 만만치 않았다. 요즘 제품은 더 비싸다. 이날 새로 받은 제품의 연식은 그 전 것보다 좀 더 나은 것이었다. 그래도 많은 시간을 소비하게 된 것은 고객님에게 무척 죄송한 일이었다. 아, 새로 받은 제품의 회사는 백색가전의 왕이라는 회사의 것이었다. 중고라 해도 깨끗한 외관에 고객의 마음이 조금 가벼워 보이기도 했다. 나는 그제야 내 마음을 복기해 보았다.

'여기까지 왔는데… 공치고 갈 수는 없지.' 하는 마음이 무리수를 두게 한 것이다.

이런 식으로 통제하지 못한 마음 때문에 여태까지 모두 세 대의 세탁기를 교환해줘야 했다. 마음에 여유가 있는가 없는가. 그 작은 차이가 상황을 천국과 지옥으로 만들곤 한다. 우리의 삶에 여유를 들여놓을 수만 있다면 분명 우리는 좀더 웃을 수 있을 것이다.

나는 내 시가 무엇을 얘기하려고 했는지 정확히 아는 사람을 만난 적이 없다고 말하곤 했다. 활자로 형상화된 게 전부가 아니기에. 그래서 사람들이 내 시를 보고 오독을 해도 아무렇지 않았다. 어쩌겠는가, 내가 숨긴 것인데. 그럼에도 진지하게 읽혀서 독자의 어느 마음을 다독일 수 있다면 제값을 했다고 여긴다.

다시 한 번 다짐을 해보는 것이다. 욕심 부리지 말아야지. 나의 착한 아내 정화 씨, 다 내 잘못이야. 집에 가서 소주나 한 병 묵자. 그러곤 털어야지. 가난은 죄가 없다고 한다. 그러나 죄가 있는 것 같기도 하다. 나 자신도 맘껏 아플 수 있는 자리가 아니고, 식구

중 누구도 아직 그 자유를 허락받지 못했다. 하물며 마음속에 여유를 지닌다는 것은 부단히 연마해야 누릴 수 있는 경지일 테다. 가끔 여유를 갖지 못하고 쫓기듯 사는 부유한 자들을 볼 때마다 신의 공평함을 느낀다.

'여유'라는 것은 차고 모자람에 있는 것이 아닌 신의 단어인 것이다. 우리는 이 여유를 위해 재물을 모으고 일하지만 이것을 소유하는 이는 결국 마음을 잘 다스린 일부의 사람만이 갖는 것임을 보게 된다.

모든 문학과 예술은 여유라는 자유의지를 찾기 위한 몸짓이 아니겠는가. 모든 문학과 예술은 이 여유를 찾아가는 디딤돌 아니겠는가. 아울러 안토니오 그람시의 말이 떠오른다.

'이성으로 비관하되 의지로 낙관하라.'

누구도, 그 무엇도 여유를 향한 나의 길을 막아서지 못할 것이라는 긍정을 품어본다. 하루하루를 아름답게 품어야 하는 이유다. 나는 공산주의자 그람시를 개인적으로 존경을 담고 바라본다. 네 살 때 하녀가 떨어뜨리는 바람에 곱추라는 천형을 갖게 된 몸. 온갖 수모와 조롱이 있었을 텐데 오기와 증오가 아닌 의지로서의 긍정을 얘기하고 있지 않은가! 그에게 있어 고통과 고난은 그저 눈앞에 펼쳐진 상황이었을 뿐 그를 지배하지는 못했다. 그

가 혹여 시를 썼는지는 모르겠지만 그의 정신은 이미 어느 시인
보다도 초연한 모습 아닌가. 그랍시여, 나도 의지로 낙관하겠소.


### 늙어가는 시간

늙는다는 것은
술에 천천히 취해가는 것
그림자라도 그리울 때가 있듯이
술에 취해가는 시간은
머언 먼 시간을
추억이라 다스리는 시간
그립거나 원망스러움이 없는 날
그날은 호흡이 멈추는 날
명년 이맘 때가 내 제삿날이겠지
죽음을 향해 걸어가는 모든 날
천천히 느려질 수뿐이 없는 이유


—조수형 미발표시 「늙어가는 시간」 전문

# 받아들이기

가전제품 청소업을 하나하나 익혀가던 시절의 이야기다.

드럼세탁기가 이제는 통돌이를 대체하는 대세로 보급되기 시작하자 내 마음속에서는 당연히 '드럼세탁기 분해를 배워야 하는데…'라는 생각이 자리 잡기 시작했다.

통돌이 세탁기를 청소하면서도 이 생각이 머릿속에서 떠나질 않았다. 소비자들의 취향이 고급화되고 안목이 높아지면서 드럼세탁기가 빠르게 일반화되어 가고 있었다. 그런데, 도무지 드럼세탁기 분해를 시도해볼 기회가 주어지지 않았다. 아니 누가 그걸 분해 연습을 해보라고 내놓는단 말인가.

혹시나 해서 중고 가전제품 재활용센터 사장님을 찾아갔다.

"저, 사장님, 사장님 드럼세탁기도 취급하시죠?"

"하쥬."

"그거 팔려면 한 번 닦아서 파실 거 아녜요?"

"그렇게 해야쥬."

"그럼 그거 청소할 때 제가 와서, 좀 보면 안 될까요?"

"네? 왜유?"

"아, 그거 분해조립 좀 해보려구요."

"네? 그거 분해 안 해유."

"네?"

"이렇게 세제 통 하고 겉 부분을 이렇게 닦아서 팔죠. 그걸 왜 분해한대유?"

산 너머 산이었다. 분해조립을 제대로 익혀볼 만한 기회가 좀처럼 주어지지 않는 것이었다.

"그럼, 10킬로그램짜리 얼마나 해요?"

"왜? 사시게유? 아니 뭐 이런 걸 사가지고 해본데?"

"싸게 좀 주세요. 저한텐 필요한 일이니까."

그렇게 해서 당시 15만원에 허름한 10킬로그램짜리 드럼세탁기를 사기에 이르렀다. 그걸 세든 집 마당 한쪽에 놔두고 포장 비닐을 덮어 보관했다. 수시로 가서 분해를 해보았다. 동영상을 찾아 분해 과정을 찾아보려 했지만 도저히 찾을 수 없었다. 눈이 빠지도록 찾아봤지만 어디에도 없었다. 이걸 떼보고 저걸 떼보고 하다가, 충분치는 않았지만 우연히 발견한 분해 과정 영상을 보고 여러 번의 시행착오 끝에 완전 분해하는 데 성공했다. 나를 도와주겠다고 와 있던 정화 씨에게 기분 좋게 외쳤다.

"하하하, 됐어. 됐다고. 삼겹살이나 구워 먹자."

모든 게 다 잘 될 것 같은 마음이 펑펑 솟아났다. 그러나, 이 드럼은 정확히 다른 방향으로 작용했다. 분해와 조립만 했을 뿐인데 그 뒤로 나타나는 증상이 엄청나게 많았다.

이 10킬로그램짜리 드럼에서 뭐 그리 많은 증상들이 나오는지. 고객의 집에서 연습이 아닌 작업을 한 후에도 비슷한 증상들이 나왔다. 모든 용량이 다른 드럼세탁기가 형식은 모두 동일하면 얼마나 좋을까 하는 나만의 바람이 있었지만 회사별로 그리고 모델별로 구조와 형식 또한 달랐다.

소리가 나는 경우, 물이 새는 경우, 쇼바를 끼우는 데 엄청난 힘이 필요한 경우, 베어링이 같이 물려 나오는 경우, 도어락 센서가 말을 안 듣는 경우, 배수에 문제가 발생한 경우, 밸런스의 위치 문제, 누전 문제 등등 하루가 지날 때마다 새로운 증상들이 출현했다. 목하, 그 시절의 나는 드럼세탁기와의 전쟁을 치르고 있었다. 전쟁에서 이기기 위해 내가 선택한 전략은 지연 작전이었다. 나는 참으며 버텨야 했다. 내 눈물이 쏙 빠지도록 이 이상한 기계가 나에게 인내와 겸손을 가르치기 시작한 것이다. 누구를 붙잡고 배울 수도 없는 일. 이 놈이 인생도 가르치는 것이었다. 빨리 끝내고 현장을 벗어나려던 마음도 이즈음에 고쳐졌다.

드럼세탁기 분해를 공부하면서 냉장고와 에어컨까지 고객이 제품을 사용하는 동안 한 번도 손대지 않는 부분, 하지만 마음으로는 신경이 쓰이는 부분. 그런 데까지도 고객의 시선이 되어 따라갈 때 볼 수 있는 여유를 가질 수 있게 됐다. 스스로 나 자신을 믿고 마음을 다지기 위해 나는 부품 분류판까지 구비했다. 필요가 발명을 낳는다고 당시 내가 사용하던, 공간이 잘 구획되어 있던 공구가방을 해체해서 부품을 분류하는 판으로 삼았다. 무언가가 필요할 때 필요를 충족하면 거기서 새로운 가치가 창출되는 게 아닐까. 드럼세탁기의 부품을 한눈에 볼 수 있게 부품판에 진열을 해본 것은, 분해하고 나면 온갖 볼트가 나오는데, 고객들이 그중 하나라도 잃어버리지는 않을까 하는 걱정까지도 한다는 걸 깨달았기 때문이다. 그게 바로 소비자들이 원하는, '디테일'이라고 부르는 섬세하고 신중한 자세였다. 돈이 들어가는 모든 일에서 고객이라는 타이틀을 달고 있는 사람들은 그 꼼꼼함을 원하는 것이었다. 대부분의 기사들은 물론 꼼꼼하게 일한다. 단지 고객이 어디를 보고 무엇을 근심하는지를 모를 뿐이다.

실제로 어떤 고객은 "그게 다 조립돼요?"라고 묻는다.

나는 그러면 자신 있게 대답하는 것이다.

"그럼요. 그래서 이렇게 뜯은 순서대로 요 통에 놔두죠. 제가 머리가 나빠서 이렇게 안 하면 헷갈려서요. 지켜보세요. 볼트가 남나, 안 남나."

그렇게 조립되는 것을 내내 지켜보시다가 다 조립되면 고객님은 감탄을 한다.

"와, 진짜 그게 다 들어가네."

그런데 아무리 최선을 다해서 준비하고 대비를 해도 가끔 상황이란 것이 내 바람과 전혀 상관없이 돌아갈 때가 있다. 일하는 자의 선택은, 피하는 것이 아니라 어떻게 받아들일까 하는 데서 결정적인 작용을 한다. 이상이 발생해 A/S를 불러야 할 때도 돈 얼마를 들여서 좋은 경험을 배울 수 있는 기회로 받아들일 수 있다. 일이 벌어지는 순간 상황은 늘 어렵지만 내가 나를 어떻게 다스리느냐에 따라 고객에게 비쳐지는 모습은 전혀 다를 수 있다.

예전 공장들에는 '닦고 조이고 기름치자.'라는 표어가 많았지만. 이제 이 말은 '조이되 알맞은 토크를 하자.'로 바뀌어야 한다. 삶도 기실 그런 게 아닐까. 설명해야 할 때 설명하고 방어해야 할 때 방어해야 하는데, 그때 토크의 기술이 필요하다. 군대에서 많이 쓰던 말. '대충 잘해라.'라는 말도 곱씹어보면 명언이다. 힘을 빼면서도 긴장할 때는 해야 한다는 것이다.

여기서 알아두면 좋을 세탁기 관리 정보를 몇가지 알려드린다.

## 세탁기 관리 팁

- 세탁 후에는 모든 문을 열어 둔다. (세탁물 개폐문, 세제통.)
- 통돌이의 경우 통세척 세제를 사용하지 말아야 한다.
  (만약 사용하실 생각이라면 새것의 경우 매달 정기적으로 사용하는 것이 좋다. 사용하던 제품은 전문업체에 세척 후 정기적으로 사용해야 한다.)
- 드럼세탁기의 경우 세탁 후 문 안쪽의 고무패킹의 물기를 모두 닦아준다.(그냥 놔두면 곰팡이가 생긴다. 곰팡이 물이 들으면 닦이지도 않는다.)
- 세탁 후 세탁기 아래의 배수구를 열어 잔여 물을 모두 빼준다.(드럼세탁기 냄새의 원인.)

**꼭 아셔야 할 내용**

모든 가전제품 청소는 전기적인 부품을 닦는 것이 아니라 기계적인 부품을 닦기 위해 전기장치를 탈거할 뿐이다.

**통돌이 분해 순서**(직접 해보고 싶은 분을 위해)

준비물 몽키, 뿌리누끼, 오링 풀러, 10mm롱복스, 센터너트 지그, 스핀헨들, 소1자 드라이버, + 드라이버, 주먹드라이버. 낚시대 뒷받침대. (윗 뚜껑 열었을 때 받침대로 쓰기 알맞다.)

- 윗부분을 세탁기 뒤의 볼트 2개 탈거. 메뉴얼 판을 분리하는 것도 있고 아닌 것도 있지만 앞부분 볼트 탈거.
- 탈거가 돼서 뚜껑 부분이 들려지면 조심해서 들며 세탁기 종류에 따라 수평감지막대가 뒤쪽에서 내려진 게 있으므로 꺾이지 않게 조심해서 들고 뒷받침대로 고인다.
- 물막이 판 탈거.
- 빨래판 센터의 10mm볼트를 탈거하여 빨래판 탈거.
- 센터너트지그를 이용해 센터너트 탈거.
- 뿌리누끼로 센터와 통을 고정시키고 너트를 살살 돌려 세제통을 들어 올려 빼낸다.

- 조립은 분해의 역순이다.


　　상고대


　　모두 뱉어놓고 죽은 귀신이 저러할까
　　가슴에 토해진 한이 서려 저러할까


　　차가운 새벽녘


　　신비한 안개마저 알알이 가두어
　　머리에 허리에 이고 업고
　　재가 된 모습보다 더 하얗게
　　다가올 쓸쓸한 날
　　하이얀 머리 조아려 마중한다


　　떠오르는 태양에 모두 고하고
　　승천하여 노닐다
　　내일에는 또 내일의 할 말 갖고

허옇게 아침을 맞겠지

　　　　— 조수형 시집 『풍경은 거울이다』 중 「상고대」 전문

# 할머니들의 동거

원치 않아도 남의 가정집에 들어가야만 작업이 가능한 직업이다 보니 본의 아니게 남의 집 사정을 알게 되는 경우가 있다. 지금 말하려고 하는 집은 내가 가전청소를 하기 전에 본업으로 가지고 있던 방역 일을 할 때 바퀴벌레 퇴치를 돕다가 알게 된 집이다. 내가 세탁기나 냉장고 등을 청소하는 일을 시작했다고 하니까 작업 의뢰를 해주셔서 한 해에 한 번꼴로 방문하던 집이다.

이 댁에는 특이하게도 할머니 세 분이 사신다. 할머니 한 분은 아무리 가정집이라지만 너무나도 편하게 속옷차림으로 다니시고, 한 분은 그걸 보며 혀를 끌끌 차시는 분이고, 또 한 분은 조용히 식사준비를 하시는, 어쩌면 좀 기괴하면서도 코믹스러운 분

위기를 자아내는 집. 그래서 기억에 더욱 선명히 남아 있다.

이 분들의 내력은 혀를 차시는 분의, 누구에게나 다 들리는 혼 잣말로 인해 내게 입력되었는데, 자연스럽게 입에 밴 욕도 좀 하 시는 것이다.

"우라질년, 뒈질 때가 됐는데도 습성을 못 버리네."

"남의 서방 데리고 살았으면 잘 살기나 하지 뭐 하러 들어와서 송장 치우는 일이나 하게 하고, 내가 뭔 복이 많아서 이제 저년 뒈질 때 치워주게 생겼으니 에휴⋯."

그분의 혼잣말을 모두 모아 서사를 짜보면, 속옷만 입고 돌아 다니시는 할머니는 어떤 남자분의 첩이었고, 욕하시는 분은 본 처, 조용히 음식 하시는 할머니는 본처인 할머니가 시집올 때 따 라온 종의 딸이었다. 남편이 어느 날 집으로 첩을 데리고 들어온 것이고, 불편한 동거인으로 같이 살다가 남편은 돌아가신 것이 다. 음식을 준비하는 할머니는 평생을 이분과 사신 것이고⋯. 전 설의 고향처럼 너무나 오래돼버린 삶의 형식이 시공을 넘어 펼 쳐져 있던 것이다.

그런데 사실 좀 개인적인 이야길 하자면 나도 이와 비슷한 환 경에 있어 보았다. 부모님은 내가 학교 들어가기 전에 이혼을 하 셨다. 형은 어머니와 살았던 청량리 집을 기억해 끝끝내 어머니를 찾았고 한남동에서 청량리까지 어머니를 주기적으로 뵈러 다녔다. 그때 가끔 나를 데리고 가기도 했다. 당시 어머니는 청량리에서 호구지책으로 돼지갈비집을 하셨다. 그러다 형이 어머니집을 출입한다는 걸 아버지 회사의 직원들에게 들키게 되고 아버지와 어머니가 무슨 합의를 했는지 어머니는 가게를 접고 한남동 집으로 들어오셨다. 자식에 대한 어쩔 수 없는 모정이 그런 선택을 하게 한 것인데, 그것이 어머니를 어려운 상황으로 내몰았다. 집 안의 온갖 허드렛일을 어머니가 하시게 됐고 심지어 첩의 속옷까지 빠셨다. 이게 한이 되셨는지 어머니는 돌아가실 때까지 곧잘 회한조로 "내가 참 그렇게도 살았어."라고 말씀하셨다.

내 어린 시절의 추억과 묘하게 오버랩되는 집. 할머니들은 내가 일을 마치고 돌아가려고 할 때 무언가를 주섬주섬 챙겨주시기도 했다.

난 그때마다 너스레를 떨며 "아이고, 누가 보면 처가댁 다녀오는 줄 알겠어요." 하곤 했다.

그러다가 어느 날 한 분이 더 이상 보이시질 않았고 그 뒤론 내가 그 동네를 떠났기에 그 후의 소식은 알지 못한다.

은원을 떠나, 속상함을 떠나 한 평생 같이 했던 남편. 그 사람이 남긴 여자일망정 그도 한 사람의 여자라는, 그것도 오갈 데 없는 처지라는 걸 헤아려 같이 살 수 있도록 배려한 할머니는 진실로 인간애를 발휘한 것이리라. 장성한 자녀들과 친인척들이 그런 동거를 쉽게 용납하지 않았으리란 것은 불을 보듯 뻔한 일이다.

지금은 두 분 모두 돌아가셨는지, 아직도 아웅다웅 싸우고 계신지. 우리들의 상식으론 이해도 용납도 안 되는 삶이 허다하다. 그러나 그 삶을 누구도 함부로 평가하거나 재단해서는 안 된다. 그것은 그분들만의 고유한 삶의 방편이고 형식이고 서사이기 때문이다. 존중받아야만 하는 것이다.

나는 속으로 자주 할머님들께 인사를 드리곤 한다.

'나만 옳은 게 아니고, 옳다고 하는 많은 것들도 허상임을 할머님들과 만난 몇 년 동안 배웠습니다. 할머님들 감사합니다.'

세상이 뭐라 하건 타인을 품어주는 사람이 있다. 우리는 비범하고 특별한 몇몇 사람이 세상을 이끈다고 생각하지만 실상은 이렇게 품어주는 사람들이 곳곳에 있어 우리 사회의 모난 상처들이 가려지는 게 아닐까. 내가 보인 작은 정, 손길 하나, 한 움큼의 사랑, 배려 등 이러한 것들이 어느 혁명가와 이상가들에 앞서 사회에 숨구멍을 만들고 있는 것이 아닌가.

열악한 환경 속에서 생활하시는 분들을 만날 때면 이들의 닫힌 마음을 어렵지 않게 느낄 수 있다. 일상 속에서 빈번하게 일어나는 멸시와 차별 속에 방치된 분들은 마음의 문을 꼭 닫고 사회를 원망하고 자신의 삶을 저주하기까지 한다. 이분들의 마음을 여는 것은 작은 관심과 사랑이다. 누구라도 나서서 이분들을 품을 때 이분들 역시 타인을 품는 것이다. 그것을 나는 세 분의 할머니로부터 아주 잘 배웠다.

**그레고리를 위하여**

밤은 내가 생각한 것보다 길다
떠오를 해를 생각하며 단잠을 청하기엔
너무 아름다운 세상
빛나는 야경과 춤과 노래
그리고 여인들

고민이 저민 밤
풍족한 고민은 새벽을 바라지 않는다

커튼의 뒤로 숨은 나는

침대 위의 그레고리 잠자

주여, 슬픔에 지각한 저를

용서하여 주소서


— 조수형 시집 『웅덩이에 담긴 사랑』 중 「그레고리를 위하여」
전문

## 주인 없는 곳의 손님

예전에, 그러니까 내가 가전제품 청소사업을 시작하기 전에 자활사업단에 계신 분들과 고객님의 집을 방문했을 때의 일이다. 그 댁은 재개발 구역으로 지정돼 있을 정도로 노원구에서도 백사마을과 더불어 생활 환경이 열악한 곳에 위치하고 있었다.

우리가 방문한 집은, 둘레를 비닐과 천막으로 둘러 겨우 바람을 막고 있었다. 집 안으로 들어섰을 때 방 문턱을 넘던 참여자 한 분이 갑자기 '으악~!' 하고 비명을 지르는 게 아닌가. 바퀴벌레가 그야말로 집을 점령한 채 있다가 사람이 들어오자 산개하여 사라지는 것이 내 눈에도 보였다.

여성인 참여자는 도저히 방 안에 못 들어가겠다고 울기 일보

직전의 얼굴로 결사적인 거부의 모습을 보였다. 바퀴벌레 떼를 보아서는 그게 무리도 아니었다.

그날은 봉사차 방문한 것이었는데, 처음부터 난감한 상황과 직면한 것이다. 어서 작업을 진행하면서 봉사도 하고 교육도 해야 하는데, 아무도 선뜻 나서는 사람이 없었다. 사실은 나 역시 꺼림칙한 느낌을 피할 수는 없었다. 공포영화에서나 나올 법한 바퀴벌레 군단이었으니 말이다.

여러 가지를 생각해야 했다. 바퀴벌레 때문에 이미 겁을 집어 먹은 사람들이 있고, 또 그 바퀴벌레와 함께 살고 있는 사람도 있다. 우리는 그분에게 돕겠다는 약속을 한 처지다. 어떤 일이든 예상과 다르게 진행되는 경우가 있다. 삶은 가까이에서 보면 비극이고 멀리서 보면 희극이라는 채플린의 말도 있듯이 어떻게 모든 일이 보이는 대로, 예상한 대로 탁탁 들어맞겠는가.

어떻게 할까 잠시 고민하다가 나는 혼자서라도 일단 들어가 작업을 시작하기로 마음먹었다. 집주인은 바퀴벌레도 지겹겠지만, 집 한 귀퉁이에서 고약한 냄새를 피우고 있는 낡은 세탁기가 또 얼마나 고역일까 하는 생각이 들었다.

"일단 다른 분들은 밖에 계세요. 제가 먼저 들어갈게요."

"괜찮겠어요?"

"우리도 바퀴벌레를 무서워하지만 바퀴벌레들도 저를 무서워할걸요."

여자분들을 두고 혼자 들어서려는데 한 분이 따라 나선다. 그 사람이 누굴까, 바로 지금의 내 아내다. 들어가서 고객께 다시 정식으로 인사를 드리자 고객님이 민망한 표정으로 말씀하신다.

"놀랬죠? 잡아도 잡아도 끝이 없어서 그냥 놔두고 살아요."

"괜찮습니다. 순간적으로 놀란 것뿐이에요. 세탁기 좀 볼까요?"

엘지 회사 10킬로그램짜리 모델이었다. 다행이었다. 엘지의 이전 이름인 골드스타 것이 아닌 게 어디인가. 집주인은 작업을 하는 동안 음료수를 내오시고 사과를 깎아 오셨다. 정도 많으셔서 밖에 있는 사람들에게까지 음료수를 나눠주셨다. 그분으로선 최대한의 성심으로 고충을 덜어주러 온 사람들을 접대하신 것이다. 지저분하다 여겨 비위가 상해 안 마실까봐 병에 든 음료수만 내주셨다. 그걸 보고 있는데 명치 끝이 아려왔다.

일을 마치고 가는 차 안에서 참여자 분들이 너도나도 한 마디씩 말이 많아진다.

"아니, 대체 어떻게 그렇게 사신대? 치우지도 않고 사나봐. 난 아까 소름이 끼쳐서, 으…."

"맞아맞아, 나 아까 그냥 기절할 뻔했어. 무슨 바퀴벌레들이 그렇게 많아? 발에 밟고 살겠어."

우리는 가끔, 우리가 정한 목표나 목적을 잃고 살 때가 있다. 눈앞의 보여지는 것에 취해, 걸음이 어디로 가는지 모를 때도 있고, 하고 있던 것이 무엇인지 모를 때도 있다. 이것이 심해지는 게 건망증이고 더 심해지는 건 치매다. 하고 있는 것에 대해 온 정성을 쏟으라는 말로 '객래불기客來不起'라는 말이 있다. 규장각 현판에 새겨져 있는 말로 요샛말로 옮기면 주위 환경과 변화에 신경 쓰지 말고 하던 일 계속 하라는 말이다.

마음을 담담하게 먹어야 할 때가 수시로 필요하다. 작업 현장은 항상 내 뜻과 마음에 반하여 일반적이지 않고 어려운 시험이 준비된 경우가 많다. 그것들을 당연으로 여기면 그리 놀랄 일도 아니지만, 종종 현장은 담담한 마음을 부서뜨리며 예상 밖의 놀라움을 안겨줄 때도 있다.

그러다 실용적으로 터득한 팁이 고객님들에게 미리 작업할 제품의 사진을 부탁하는 일이다. 주문 때마다 현장을 확인하기가 어렵기 때문에 일을 맡기는 분들에겐 작업할 제품의 사진을 부탁한다. 제품에 따라 확보되어야 할 공간과 공구가 다르기 때문이다.

작업할 때 내가 들고가는 공구가방의 무게는 약 20킬로그램이다. 가능한 상황에 따른 모든 공구를 가지고 다니기 때문이고, 대개는 작업 중에 안 쓰일 때도 있고 사용해봐야 한 번 쓰는 경우도 있다. 하지만 그 '한 번'을 위해 준비해놓는 것들이다. 그럼에도 잘 안 될 때나, 물러서야 하는 경우가 있다. 계획하고 준비해도 잘 안 될 때가 있다는 것을 받아들이면서 일에 임하는 것, 그래야 후과의 손실도 적어진다.

나는 차 안의 시끄러운 잡담을 자르고 넌지시 이야기를 시작했다.

"놀라셨겠지만, 오늘 우리는 봉사 참여자였잖아요. 집주인 분이 무안하셨을 거예요."

"아니, 그럼 그런 곳에 우리 모두가 들어갔어야 하는 거예요?"

"여러분들이 오늘의 경험을 통해 나중에 고객 집을 방문할 때는 무슨 일이 있어도 놀라지 마시고 표정관리 잘 하시면 더 좋겠다는 말씀이에요. 우리는 마음씨 착한 고객뿐 아니라 그렇지 않은 고객들도 분명히 만날 테니까요. 그럴 때라도 고객들하고 싸우지 마시고요."

내 소리가 좀 고까웠는지 한 분이 혀를 차며 말씀하시는 거다.

"헐, 참 별소릴 다 듣겠네."

"입장을 바꿔보세요. 어떤 사람들은 우리를 기피 대상으로 볼 수도 있어요."

"네? 누가? 우리를 그렇게 봐요?"

"우리와 생활과 문화가 다른 사람의 눈에는 그렇게 보일 수도 있다는 거예요. 그걸 잊으면 안 돼요."

내 말은 좀 길어졌다.

"우리가, 혹은 내가 여기에 왜 왔는가? 하는 걸 잊지 말자는 거예요. 오늘 같은 경우도 우리가 그곳에 왜 갔지요? 또 평소에 고객의 집에는 왜 가는 것이죠? 우리가 고객집에 들어간 것은 돈 벌기 위함이죠? 아까 거기는 봉사하기 위함이고요. 그 목적에 충실하기만 하면 돼요."

그날 이들에게 그 목적 너머의 일에 대한 책임 소명 등에 대해서는 따로 말하지 않았다. 조그맣게 말하던 그분들 중 "쳇, 그런 곳에선 그냥 나올 거야. 뭐 하러 일해? 난 안 해."라고 완곡하게 말씀하시는 분이 계셨기 때문이다. 그래서 더 말을 하지 않았다. 일 자체가 나에게 보람과 기쁨을 줄 수 있다는 것도. 내 입에 밥을 넣어주는 그 어떤 일도 하찮은 게 없다는 얘기 같은 것도 하지 않았다.

사람은 다 다르지만 공통적인 부분도 있기에 내 마음의 상태가 상대방에게 내 마음처럼 전달될 수도 있고 정반대일 수도 있다. 표정관리를 한다고 해도 결국 '나'는 드러난다. 내 마음을 닦다 보면 내 표정이 뒤따라오는 것이니까 억지로 이해시킬 일이 아니다. 관상에 대해선 잘 모르지만 내 인상, 내 얼굴을 스스로 보면 어딘지 모를 사나움과 격한 세월이 비치고 어둔 구석도 보인다. 쉽지 않았던 삶이 만들어낸 음영이 얼굴 여기저기에 묻어 있는 것이다. 여기에 부드러움을 넣기 위해 얼마나 마음에 채찍질을 했는지 모른다. 다행히 조금씩 나아지고 있음을 느낀다.

지금 내 궁극의 목표는 의뢰받은 제품도 깨끗이 청소하고 의뢰인의 마음까지 안마해 드리는 사람이 되는 것이다. 내가 도달하고 싶은 경지가 그것이다. 돈? 그렇게 살다가 벌리면 버는 것이고 아니면 할 수 없는 것이지 억지로 될 일이 아니다. 돈이나 수입에 방점을 찍고 살고 있진 않다. 돈을 좇으면 달아난다는 말도 있는 것처럼 돈 자체를 목적으로 삼는 삶은 얼마나 괴롭고 허망할 것인가. 그저 나는 내가 어떻게 살고 싶은지 어떤 삶이 내 주관에 맞는 것인지 살펴볼 뿐이다.

옳고 그름을 구별해 선후를 가려봐야 그걸 갈랐던 선이 내 목을 조를 때가 있는 법이고, 사람의 생이 오늘의 모습과 항상 같을 수 없기에, 오늘 다르고 내일 다른 게 사람이라면 그저 조금만 넉넉한 마음만 가져도 많은 분란과 싸움이 멈출 것이다. 마음 한 구석에 자리한 '나만 손해볼 수는 없어.' 하는 강퍅함이 그런 가능성을 막아서기 일쑤지만 그 마음만 넘긴다면 삶은 내게 호의적이 된다.

사람들은 각자의 입장과 생각이 다르고 삶을 끌고 가는 방향이 다를 수 있다. 단지, 서로의 의식 속에 상대에 대한 존중이 있고 혜량하는 마음이 있다면, 서로를 선과 악으로 규정짓지 않는다면, 또 내가 주인이라는 위험한 생각만 다스릴 수 있다면 우리는 언제나 지지 않을 수 있다. 굳이 이길 생각이 없어도 지지 않을 수 있다는 말은 얼마나 갸륵한가.

우리는 어쩌면 모두 주인 없는 곳을 다녀가는 손님일지도 모른다. 대접받기를 바라지 말고 스스로 손님인 자신에게 대접하는 마음을 가질 필요가 있다. 거기에 아프고 힘들어하는 이의 손을 잡아주고 아무 말 없이 등을 두두려 주는 일. 그것이 더해진다면 이 삶이 아름답지 않을 수 있을까. 우리가 건네는 물 한 잔이 십자가를 진 예수님께 건네지던 물일 수도 있다는 것이다.

## 마음이 써지는 존재, 아내와 후배

며칠 됐나보다. 팔이 아프다고 칭얼댄다. 누굴까. 누구긴 내 '옆지기'인 아내다. 언제나 늘 자신을 돌봄이 필요한 '아기'라고 간주하는 '몹쓸' 환상을 가진 나의 아내. 병원에 가자고 해도 싫다고 하더니만 작업 중에 걸레를 빨아 나오는 품이 영 아니올시다.

늘 우리와 함께하는, 매일 달고 사는 파스를 꺼내어 아프다고 하는 팔에 한 장 붙여준다. 병원도 싫다지 아프다고는 하지 일은 따라 나서지. 남편으로서, 내가 할 수 있는 게 없다.

사실은 이게 거의 매년 봄이면 되풀이되는 패턴이다. 가전제품 청소업이라는 게 겨울에는 비수기여서 일이 없다. 그래서 자연스럽게 휴지기 아닌 휴지기를 갖게 된다. 수입이 대폭 줄어드니 쉬어도 쉬는 것 같지 않은 마음인데, 어쩔 도리가 없다. 냉장고나 에어컨을 겨울에 미리 청소해둬야 한다고 생각하는 사람들은 많지 않다. 그들의 생각을 어떻게 바꾸겠는가.

그래서 겨울 한철, 봄날을 기다리는 곰처럼 가만히 얌전히 집에만 있다 보니 겨울 지나고 봄을 맞으며 일을 재개할 때는 굳어 있던 손과 발이, 팔과 어깨가 앓는 소리를 내는 것이다. 더욱이 올해는 4월까지 시베리아 벌판처럼 아무 일 없이 찬바람만 불다가 5월 들어 급작스레 일들이 많아졌으니 몸이 적응할 새가 없었다.

아파서 끙끙대는 아내를 볼라치면 어찌 맘이 편하겠는가. 그러게 남자를 잘 골랐어야 하는 건데, 이렇게 속으로 볼멘소리를 하는 내 마음은 애틋할 뿐이다. 그러면서 아내에게 손목에 차는 '보호대'도 꺼내줬다. 파스를 붙이면서도, 보호대를 차면서도 "이럴 것까지는 없는데" 하며 또 투정이다.

'이 사람이 정말…'

파스를 붙이고 꼭꼭 눌러주고 옆에 뉘였다. 밤새 자고도 내 옆에 있으면 일없는 낮에도 잘 잔다. 아직 출발하려면 한 시간 반쯤 남았다. 그 짬에라도 편히 잘 재워야지. 등을 토닥거려 준다. 등을 두들겨 줄 때마다 만병통치약 같은 파스 냄새가 몽실몽실

우리 사이에 피어 오른다

'이제 금방 나을 거예요… 이제 다 나을 거예요.' 하면서 아내의 팔이 싱싱해지는 향기가 나는 것이다. 세상에는 예쁜 여자도 많고, 착한 여자도 많다. 그런데 나랑 같이, 삶을 버티면서 함께 울고 웃을 여자는 이 사람뿐이다. 이 사람과 나의 운명이 그렇다.

이럴 때는 아플 자유가 떠오르기도 한다. 그런 자유가 주어진 이들도 있다. 아프면 아프다고 앙앙대면서 아무 걱정 없이 바닥이 움푹 패이도록 쉴 수 있는 사람들. 사실 마음껏 아파도 될 만한 사람은 많지 않다. 우리의 자유와 시간은 어디로 새나간 것인지. 아니면 애초에 없었던 것인지. 그래도 오늘의 시계는 잘도 간다. 이제 얼마 뒤면 출발. 약속한 작업을 완수해야 한다. 몸이 아파도, 집안에 사정이 생겨도 캔슬은 없다. 방문 서비스는 신용이 생명이니까.

우리가 들어온 작업 의뢰를 거절할 때는 작업의 효율성을 감안할 때뿐이다. 예컨대 서울이나 경기도 전역을 커버하는 상황에서 작업해야 할 지역을 오고 가는 데 드는 시간이, 많을 때는 세 시간 이상이 걸리기도 한다. 그래서 동선과 시간을 고려해 작업의 수급과 일정을 조율하는데, 여기에 맞지 않을 때는 미안하지만 작업을 맡을 수가 없다. 이런 원칙 말고 쉬어야 할, 거절해야 할 자유를 나는 나 자신에게 허락하지 않고 있다. 그러니 아내가 얼마나 고달플까.

아! 여기서 이 얘길 곁들이고 싶다. 냉장고 청소는 겨울에 하는 게 좋다. 냉장고. 말 그대로 늘 차가운 곳. 항온이니까. 여름에 피어나는 바이러스 유해균 곰팡이 모두 겨울에도 그대로 서식을 한다. 겨울에 청소를 해주면 봄 여름에 더 쾌적하게 냉장고를 사용할 수 있다. 청소를 원하는 날짜를 편의대로 잡기도 편한 것은 물론이다.

이번엔 아우에 대한 이야기다. 시계를 보니, 12시 20분, 마지막 일을 마치고 귀가 완료했다. 일이 늦어졌지만 일부러 작정을 하고 했던 일이라 오히려 피로감은 몸에 남아 있지 않다. 마지막 일은 일부러 잡았던 일이다.

워낙 작업 일정에 맞춰 생활을 하다 보니 누군가를 돕고 싶어도 도울 수 없는 경우가 제법 있다. 그런데 오늘 그런 기회가 생겼다. 언젠가 형편이 어려운 후배 하나가 쌀을 좀 사야 한다면서 변통을 부탁했는데, 마침 내게도 현금 여유가 없어서 정말 동냥 수준의 돈을 건넸던 게 마음에 걸렸는데 오늘 그 후배에게 만회할 수 있는 일이 찾아온 것이다.

후배는 술을 무척이나 좋아한다. 그래서 생활에 보태라고 돈을 건네면 보통은 술을 사먹는다는 걸 나는 모르지 않는다. 세상을 주유하며 거침없이 살던 내가 거지발싸개같이 급추락하며 뇌수술까지 받고 생계를 위해 찾아든 곳이 농수산물시장이었다. 그곳에 있을 때 유일하게 '형님'이라 부르고 나를 챙기며 힘을 북돋던 이가 바로 이 후배였다. 상계동으로 터전을 옮겼을 때도 먼 곳까지 일부러 와서 목을 적시라며 술을 사주던 아우다.

그런데 정작 도움이 필요한 아우에게 제대로 도움을 주지 못한 것을 불편해하던 중 늦은 저녁 시간의 작업을 원하는 고객의 전화를 받았고 아무 망설임 없이 무조건 일을 맡은 것인데, 속으로 여기서 들어오는 돈은 그 후배 것이라는 생각을 했다. 그러곤 일이 끝난 후 차를 구리농수산물도매시장으로 내몰았다.

후배는 늦은 시간에 어쩐 일로 오셨냐면서 얼굴에 미소를 머금고 내게로 걸어오는데, 나는 "쌀은 없어도 커피 있지?" 하며 등을 두드려주고 손에 오늘 벌은 몇 푼을 쥐어주었다.

가게 안쪽에 쌀이 반 정도밖에 안 남은 10킬로그램짜리 쌀자루가 보였다.

"커피 안 줄 거야?"

"네 형님 당연하죠."

후배는 커피를 타왔고 나는 담배를 입에 물었다. 후배도 담배를 물고 잘 안 풀리는 삶을 얘기했다. 나도 겨우 깨달은 사실이지만, 모든 구원은 내가 움직여야 가능하다. 후배는 아직 그것을 깨닫지 못하고 있을 뿐이다. 아버지를 잃고 형이 자살하고, 어머니가 치매로 병동에 있는 그의 현실이 아프다.

무엇이 필요하랴. 무엇이 사람을 일어나게 하겠는가. 그가 움직일 것은 그의 몫이고 내가 해줘야 할 것은 나의 몫일 터. 그저 관심뿐이다. 잊지 않고 있다는 메시지. 미약한 인간이 할 수 있는 일이라곤 고작 이런 것이다.

일 끝내고 바로 차를 몰았기에 그 자리엔 아내도 함께 있었다. 이 사람에게 건네려고 자기가 이 고생을 했나 하는 아내의 눈치도 보였지만. 나야 뭐 원망 받는 데는 도가 튼지라 아무렇지도 않았다.

오늘 있었던 일들은 애초 계획에 없던 일들이었다. 그럼 뭐 다른 일들은 특별히 계획 하에 일어나고, 하게 되고 그랬던가. 실상 따져보면 우리 인생에 계획대로 되는 거 거의 없다. 단지, 늦은 저녁의 작업 의뢰가 들어왔을 때 후배가 생각난 것은 그 만큼 내 마음이 후배에게 쓰였다는 것이다. 마음이 쓰여야 몸이 반응한다. 이런 인사이트를 얻었으니, 가만 살펴보면 오늘 도움을 받은 건 그가 아니라 나일 수도 있다.

내게 늦은 저녁의 일을 의뢰하신 고객님도 복을 받으실 것이다. 고객님 덕분에 내게 온 각성의 무게를 무엇과 비교할까. 제대로 마음이 쓰였고 몸이 그것에 따라 움직였으니 깊은 밤 마주한 포도주가 싱글벙글이다. 그래 그런 거지. 말 없고 같이 눈 마주치는 이는 너 뿐인가 하노라. 이 밤 술맛이 꿀맛이다.

# 매순간이 배움의 현장이고 교실

쓰고 싶은 이야기가 많았다. 사소하고 작은 경험들을 거울삼아 사회를 들여다보는 일에 대한 것으로 시작해서 사랑을 받는 것, 주는 것, 또는 그러지 못해 아파하는 사람들의 이야기를 써보고 싶었다.

때론 힘들기도 하지만 때론 즐겁기도 한 나의 일과 노동. 이 지극히 수고로운 가전제품 분해와 청소라는 일을 통해 평소 내가 지향하는 세계와 그곳에서 함께 살아가는 사람들의 이야기를 들려주고 싶었다. 합심하여 선을 이룬다는 말처럼 어느 순간 모든 게 감사하는 마음으로 모여지는 이야기들을 쓰고 싶었다. 지금, 그 이야기들을 일단락했으나 부끄러움이 앞선다. 하지만 어쩌랴. 이미 엎질러진 물인걸. 그런데 그럼에도 어떤 아쉬움이 남는다. 내 마음을 자기 마음처럼 느끼셨던 분들도 있을 거라 생각하면서 작은 위안을 삼기로 한다.

세상일이라는 것이 모두가 같은 조건을 가지고 참여할 수 없고 똑같은 성과나 만족을 얻지도 못한다. 오늘의 고객에게 내일 내가 고객이 되는 경우도 생기듯이, 세상을 일방통행의 잣대로 단정하는 일의 위험을 많이 생각하려고 애썼다. 노동의 현장에서 나는 시인의 감수성으로 사람들을 살폈다. 모두들 각자의 삶을 살면서도 서로가 점유한 위치에 따라 타인을 얼마나 편의적으로 평가하고 상대하는지를 느꼈다. 매순간이 배움의 현장이고 교실이었다.

예전에 어떤 분과 언행일치에 대하여 얘기하다 지행일치의 이야기로 번진 일이 있었다. 많은 것을 가질수록, 나이가 들수록, 지식이 깊어질수록 짊어져야 할 책임이 커지는 데 반하여, 그렇지 못한 이들이 세상에는 더 많은 것 같다는 것으로 이야기는 마무리됐는데, 삶을 사는 동안 지행일치의 중압감을 견디느니 차라리 회피하는 것이 더 쉽다는 것이 이야기의 요지였다. 글을 쓴다는 것, 시를 쓴다는 것도 결국은 그런 것이 아닌지 성찰하고 자문하게 된다.

원체 말을 조리 있게 하지 못하는 나는 말수를 줄여야 함에도, 천성이 경박하여 아직 그 지경에 이르지 못했다. 그래서 이렇게 임금님 귀는 당나귀 귀를 외치듯 글로 대신하고 있는지 모르겠다. 남자는 나이가 들면 정력이 다 입 쪽으로 모인다는 말도 있던데, 내가 딱 그 짝인지도 모르겠다.

　삶의 형식이나 개인의 욕망이 과거에 비해 훨씬 다양해졌고, 그에 걸맞게 직업도 천차만별로 분화되는 세상에서 나는 '아픈 시간들'의 친구가 되고 싶다는 생각을 해보았다. 지금보다 더 먼 예전부터 그래왔듯이, 지금보다 또 더 세월이 지난 뒤에도 그 시간들의 상처를 닦아주며 살고 싶다.

　나처럼 우둔한 자가 그 아픈 시간들을 드러내, 얼마만큼 위로의 햇살을 쬐게 할 수 있을지 모르지만, 같이 아파하는 사람이 있다는 것만 알아도 그는 고통에서 헤어날 수 있다고 믿는다. 어쩌면 그 아픈 시간들을 알아가고 친구가 되는 일은 정직하게 노동하는 이들에게 베푸는 작은 친절로부터 시작될 것이다. 책의 말미를 쓰며 생각나지 않아 잊고 지내듯 지나쳤던 우리 사회의 구석지고 어려운 곳에서 수고하며 시대의 짐을 짐인지도 모른 채 지고 가는 노동자들께 감사과 연대의 인사를 올린다.

　가끔 고마운 분들에게 내 시집을 선물로 드리곤 했는데, 돌이켜보면 그것도 일종의 내 허영이 아니었을까 하는 의구심도 든다. 또는 귀찮은 재활용 쓰레기를 건네고 온 건 아니었는지 하는 자괴감도 느낀다. 하지만 나는 시집 속에 삶에 대한 나의 태도와 진심을 담았다. 내 시를 통해 사람들과 더 깊고 진솔하게 소통하고 싶었다. 이 책도 마찬가지다. 어쩌면 이 산문집은 좀 길게 늘여 쓴 시집인지도 모른다.

당신들이 있어 감사합니다. 모두 수고하셨습니다. 당신들을 응원합니다!

**조수형**

일찍이 몸을 마음처럼 쓰며 노동계에 투신하여 20대 중반부터 오토미션 수리점을 운영하고, 원양어선에도 오르고, 룸살롱도 경영해보는 등 다양한 사회 생활을 경험했다. 그러다가 30대 초반 뇌지주막하출혈이라는 병을 얻어 사회 경험이 일시에 단절되고 가족과도 분리되는 등 아픔을 겪었다. 그후 생계를 위해 구리농수산물도매시장 잡역, 보조수리기사 등 닥치는 대로 일하면서 시에 눈을 떴다.

2013년 낭만시인공모전과 《한국문단》 신인상을 동시에 수상하며 시단에 나온 이후 시집 『풍경은 거울이다』와 『웅덩이에 담긴 사랑』 두 권의 시집을 펴냈다. 2015년에는 싱가포르에서 출간된 라틴문화 600주년 기념시집에 「임종」을 발표했다.

2015년 가전제품청소업 회사 "단비케어"를 설립하고 아내와 2인1조로 수도권 지역 가정집의 가전제품(세탁기, 에어컨, 냉장고)을 청소하면서 시와 산문을 쓰고 있다.

## 마음을 쓰는 일, 몸을 쓰는 시

1판 1쇄 찍음 2022년 6월 3일
1판 1쇄 펴냄 2022년 6월 10일

지은이    조수형
펴낸이    정성원·심민규
펴낸곳    도서출판 눌민

출판등록   2013. 2. 28 제25100-2017-000028호
주소      서울시 은평구 가좌로11가길 30, 301호 (03439)
전화      (02) 332-2486      팩스    (02) 332-2487
이메일    nulminbooks@gmail.com
인스타그램·페이스북 nulminbooks

ⓒ 조수형 2022

Printed in Seoul, Korea

ISBN   979-11-87750-60-4 03810